像老人一样喝茶

龚江南 著

中国文史出版社

图书在版编目（CIP）数据

像老人一样喝茶 / 龚江南著 . -- 北京 : 中国文史出版社，2020.12

（跨度新美文书系）

ISBN 978-7-5205-2841-2

Ⅰ . ①像… Ⅱ . ①龚… Ⅲ . ①散文集 — 中国 — 当代 Ⅳ . ① I267

中国版本图书馆 CIP 数据核字 (2020) 第 253771 号

责任编辑：金　硕　胡福星

出版发行	中国文史出版社
社　　址	北京市海淀区西八里庄路 69 号院　邮编 :100142
电　　话	010-81136606 81136602 81136603 81136605（发行部）
传　　真	010-81136655
印　　装	阳谷毕升印务有限公司
经　　销	全国新华书店
开　　本	650 × 960　1/16
印　　张	11.75
字　　数	150 千字
版　　次	2021 年 4 月北京第 1 版
印　　次	2021 年 4 月第 1 次印刷
定　　价	38.00 元

目录

Contents

澡堂歌星

英国一家旅店贴在浴室里的告示写道：“尊敬的客人，请把您的歌声留在心里，因为我们的墙并非您想象得那么厚实。”

我在一份刊物上读到这则小品，忍俊不禁了很久。

看来，“澡堂歌星”不光中国有，连最绅士风度的英国也有啊！看来我不是一个怪人，一个不讲公德不讲文明的人。不过我还是得承认，我可能不是一个受欢迎的人，因为，我就是一名澡堂歌星。

大学不仅给了我文学知识，也帮助我走上了歌星之路，我就是在学生宿舍的澡堂里开始演唱生涯的。那时，我很年轻，爱好艺术，翩翩少年的精力是多么充沛啊。虽说学校食堂糟糕透顶的伙食毫无营养，可还是精力过剩，时时都忍不住想号几嗓子。教室当然是不可以的，大操场上外系外班的人又太多，不好意思太张扬，只有澡堂了。在澡堂歌唱的第一个好处是黑，人家看不清你，你也看不清人家的脸色；第二个好处是音响效果好，有共鸣；第三个好处是不浪费时间，反正在澡堂里不是洗衣就是洗澡，嘴巴闲着也是闲着，正好练练。

于是就在澡堂里唱开了。在澡堂，我模仿那年头最红的歌唱家——在我最容易变成追星族的年纪，中国还没有歌星，只有“某某思想文艺宣传队员”，只有“人民歌唱家”。瞧瞧，瞧瞧，那年月，唱歌是一件多么神圣的事啊。

在澡堂，我仔细辨别从我单薄的胸腔里所发出的声音的浑厚程度；在澡堂，我竭力把声音提得很高很高；在澡堂……当然，我也得像老鼠一样，眼角的余光不断观察其他同学的脸色。就这样，我练就了一条蛮像回事儿的婉转歌喉。只是苦了澡堂边上的几间宿舍里的同学，他们先还大声抗议，但不久就销声匿迹了。大学中文系的学生，据说都是候补的作家诗人什么的，都是很有教养或都想装得很有教养啊。毕业前，大家一往情深互赠留言，一个以诗人自诩的同学——此人后来真的成了诗人——给我的留言写道：“你总是大声地唱歌，可从来没上过广播。你默默地写作，居然发表了小说。”此公宿舍当时就在澡堂边，免费听了我 4 年的歌。就是这个人，别看他毕业前向我如此深情表白，其实当年每次看见我进入澡堂，不论是严冬还是盛夏，他都总是用比我的歌声更巨大的响声把寝室门“砰”地关紧。

我记得那个时候，我和许多同学一样，专门备了一个本子，广播里一有什么流行歌曲出笼，只要听得入耳，就到处搜罗，抄进本子，对着曲谱，时时操练。那时出版业没这么发达，大部分的歌曲，都得自己去抄。20 世纪 80 年代初的大学生，许多人都有手抄流行歌曲的经历——一伺烂熟于心，便蹿进澡堂，引吭高歌。

那年月，我们唱歌都唱得很累，但我们唱得多么幸福啊！

大学时代匆匆而过，刚走上社会不久，又是单身一人在城市里，又是在文化单位，自然就把学校生活延伸到工作单位来，其中就包括了在澡堂里唱歌的恶习。这时，“成才”的条件更好了。大多数机关单位都有公共澡堂。我住的单身宿舍，就在单位澡堂上面，每天夜深人静之时，我看书写作完成作业了，便拎几件衣服，优哉游哉走下楼来，进入歌厅（即澡堂），拧开水龙头，在哗哗流水的伴奏下，引吭高歌。有时根本就不是为了洗澡，纯粹是高兴或忧伤，就想好好地吼上几嗓子发泄发泄。如此，即便是寒冷的冬季，不是放热水的日子，我兴之所至，也毫不迟疑地奔赴澡堂，开吼。

是的，最妙是冬天，从自来水管里射下的刺骨的冷水让我瑟瑟发抖，我一边用浴巾把生长着鸡皮疙瘩的皮肤擦得通红，一边从喉咙里发出巨大的颤音，让人毛骨悚然。这时，自然不会有多少追星族为我鼓掌，相反，有一回，关了水之后，我清楚地听得下面有人评论：这人失恋了，疯了。

这些人哪里知道我自得其乐。庄子怎么说来着？“子非鱼，安知鱼之乐？”快哉、快哉！

一切到了该结束的时候了。

我们的澡堂外面，就是居民区，当时，那里还没被开发商相中，是一片老式的充满城市温馨的平房。我记得是在一个美好的初夏的夜晚，还有月光，我的心情也像这夏夜一样美好，我走进澡堂，亮起了日臻完美的嗓子：

当我在春天，迎来了新雨，
喜看大地，被染得鲜红翠绿。
满园的鲜花，发出了迷人的芳香，
我要歌唱，生活是多么美丽……

突然，从敞开着的摇头窗外，飞进来半块砖头，准确地击中了自来水管，发出了远比我的歌声更让人胆战心惊的巨响：

“当！”

我的歌声戛然而止。

无可奈何花落去，我的演艺生涯就这样被断送了。

多年以后，我常常与朋友或同事到真正的歌厅、卡拉 OK 厅唱歌，高科技的音响设备当然把我的歌声包装得像歌星一样，但我的感觉再没有像寒冷的冬天里在水龙头底下发出颤音时那样快乐得酣畅淋漓，没有。

生命、美人、酒

显然，不是每一个人都可以成就一番伟大的事业，我们都是老百姓。但我们不幸生活在深圳。于是，作为男人，生活就变得很焦虑，要赚足够多的钱，要当足够大的官，要成为足够知名的“星”，要……总之，很多很多的男人都想当成功人士。

生活在这个英雄辈出的时代，我真没有资格再做一个男人啦。我的志向简直难以启齿：首先要健康地活着，其次要认识很多漂亮女性（不一定是姑娘了），然后要经常有酒喝。为了方便记忆，我把我的理想高度概括为五个字：生命、美人、酒。

一

对健康的重要性，我敢说我比任何人都有切身的体验。在黄金岁月——大约是十三四岁的时候吧，我就得了一种怪病：鼻窦炎。事情虽然过了很多年，但我还清楚地记得，这种怪病给我的折磨有多么的痛苦：一天到晚鼻涕流个不停。我们家的老人都说：元气都随鼻涕流掉了。更要命的是每天上学时，我要像女同学一样，口袋里放两条手绢，不停揩鼻涕。这对于一个风华正茂的少年来说，多么不体面啊！

那时我还归我妈管，她到处给我寻医问药，可怜的我因此也成了医院的常客和中西医各类医生的试验品。先是打针，一天打两种药，其中一种我记忆犹新，叫胶性钙，因为这种药打屁股特别疼。我记得很清楚，那阵子，我下午一下课，第一件事就是骑上单车，赶到医院，解开裤腰带，让护士在我的屁股上扎一针。几秒钟后，药性发作，我一瘸一拐地走出医院，回家。

打针打了一年，没效果。改吃中药。我妈不知从哪弄到了一个偏方，什么配伍我当然不懂，但里面要放一块肉骨头作药引子。我每天下午放学后到自由市场（计划经济时代农民自发形成的市场）买五分钱一块小骨头，放进药锅里煮。一年里我喝掉了足足一吨苦水，也没能治好。

进了大学，这种怪病发展到了要我的命的程度，整个鼻子都堵塞了。我每天如果不借助对心脏有严重影响的麻黄素鼻药水点一点鼻子，就得像鱼一样，张大嘴巴喘气。这还活得下去吗？我决定来个一揽子解决。我那时在省城，是个大地方，我终于找到了一个耳鼻喉科的老教授。老先生当时正给研究生上课，只见他用钳子一撬开我的鼻翼，就很亢奋地对研究生们说：你们看，这就是典型的鼻中隔弯曲。

鼻中隔弯曲说白了就是鼻梁长歪了，里面的骨头摩擦软组织造成发炎——事后我和我妈找原因，得出的结论是可能小时候我爸爸揍我，把鼻梁骨揍歪了。原来，我这么多年的鼻窦炎是因为鼻梁多长出了一块骨头。敲掉它。于是，医生把我的眼睛蒙起来，在我的鼻梁上注射了麻药。接下来，我就听到手术刀划破我鼻子里的肉发出的沙沙声。主刀的是一个女医生，我至今记得她姓黎，她带着几个实习医生同时给我做手术。

最惨烈的时刻到了！我看不见，却听得见和感觉得到，医生用钳子夹住我的鼻梁骨头狠狠地往外掰。我发出非人的惨叫声，不住地哀求他们给我全身麻醉。但他们像没听见，从容不迫地开始用凿子叮叮当当地凿我的鼻梁。那种钻心的疼痛啊，我到现在想起来还牙根发酸。

我终于得救了，医生从我的鼻孔里取出了两块小指甲盖大小的骨头。完了告诉我说：你的鼻子再也不会堵了。三天后，我的鼻子真的不堵了，我的心情格外好，以至于我出院时在街上看见我们那地方每天都有的当街吵架都觉得好奇。我像个闲人似的站在街上，看两个大男人面红耳赤地互相揭发自己和对方的母亲乃至祖母发生过性关系。看得我吃吃直笑。

您看看，有着这样的经历的人，对健康会是多么珍惜。

二

再说说美人。

其实我是个正派人，绝对不敢想和妻子以外的女性怎么样怎么样，您就是借给我您的胆子我也不敢。但这并不妨碍我喜欢和美丽的女同事一道工作。古人说得好：男女搭配，干活不累。我的工作是比较个体化的，我很少有机会和女同事合作。我只好涎着脸皮，找女同事打打嘴巴仗。这个坏毛病是以前我工作时养成的。当时，我的单位是事业单位，大家全都闲得无聊。于是我和几个男同事整天泡在一个已婚靓女的办公室，海阔天空，胡吹海聊。大家都乐得不行。一天，和这个靓女同办公室的一位老一点的女同事神秘地问我：你是不是对某某

（指那靓女）有点意思？我斩钉截铁地说：何止是有意思，我要把她弄到手啊！

那个人顿时哑口无言。

很多流言蜚语其实就是你自己藏头露尾而产生的。把一切都说破了，事情失去了神秘性，谣言出笼也变得没有意义了。

到了深圳，我所在单位的靓女更多了，我如鱼得水。工作累了，我就找她们有一句没一句地东拉西扯。和靓女在一起比和男的在一起要来得轻松。和男人在一起，一般就要讨论国际国内一些大事，要么就是互相打听“街边新闻”。累啊！和女性朋友在一起就省去了这些麻烦。胡天海地，信口开河，花言巧语，说完走人就是。我发现深圳大多数的女人都非常女性化，她们从来不搅和到政治啊、事业啊、人事变动啊这类“大事”中去，轻轻快快地买衣服买化妆品或者上美容院健身房。这是一种非常理想的女性生活。我觉得女人就要像女人，那些动辄要和男人比个高低上下的女人，那些穿着笔挺的制服，板着面孔的“女强人”“成功女士”，我是避之唯恐不及的。

当然，和异性交往是有一定风险的，这就要求我们做男人的得掌握好一个度。我的经验是绝不可以请她们吃饭。吃饭往往是男女关系的分水岭，你看电影里那些最后不可收拾的男女关系，全是吃饭，尤其是吃晚饭引起的。因此，每当有女同事要我请她们吃饭，我总是闪烁其词，最后不了了之。但在内心我对她们说：我要保护好你们。保护好我们的同志关系。

其实，所有的女性需要的不是吃饭或什么物质上的礼物。女人都是性情中人，一个真女人所需要的，是得到与众不同的爱护和关切。我有一个绝招说出来大家一起商榷。我称呼身边的靓女从来不重复一种叫法，即从不连名带姓地叫她们，而是给她们都取个小名，然后明火执仗地在人最多的时候最大声地用这个小名叫她。开始，她会有点不好意思，但无疑她们的内心都受到了强烈的震撼，接下来的事就好办了。

啊！美人宛如氧吧，只要在她们身边，我就觉得特别放松，特别有灵感。

三

我们的友好邻邦越南有一句古话："男无酒如旗无风"，说的是男人如果不喝酒，就没有了激情和灵感。什么叫喝酒？有的人喜欢学电影里的那种，拿一高脚杯，装一点点红红的液体，慢慢地品尝。其实那哪叫喝酒啊。我想，有着那样高贵而敏感的舌头去品酒的中国人现在还是凤毛麟角。细细品酒的人，要么是酒厂的品酒师，要么就是装腔作势摆阔气的人。真正的喝酒人是不管环境、不管酒的好坏——当然假酒不在此列，不管喝酒的器皿的档次，亲朋好友，吆五喝六、开怀畅饮，一醉方休。

说到醉，一定要招人大骂：你怎么可以鼓吹喝醉酒？

其实，酒的作用就是让你醉，不醉你喝软饮料去啊。既然是喝酒就得喝醉。只有喝醉了，禁锢的生命才会张扬，扭曲的灵魂才会率真，僵死的人格才会可爱。只有喝醉了，你才敢抓住那只你早就想握住的手，告诉她：我想你想得好苦好苦！

——当然，这点我不行，我喝得烂醉如泥也不敢。我是有教训的，在内地工作时，我有时不太顺心，常常喝酒。我老婆很体贴我，晚上回到家，她总要烧几个好菜。于是我抱起瓶子，咕咚咕咚喝它几口，就开始抱怨世道。接着，又咕咚咕咚几口，就开始说我和谁怎么样怎么样。该说的说了，不该说的也说了，后果是可想而知的。

我绝不赞成碌碌无为的生活，但更不赞成野心勃勃。我们要健康地生活着，真实地生活着，勇敢地生活着。

锦 衣

一

我是个严肃的人，但并不妨碍我喜欢漂亮衣服。

为了上大学，我从县城来到了省城，那是个大地方，是我们省的时装中心。那年，街上流行喇叭裤。喇叭裤很好看，上面包着臀，裤管却像裙摆一样大张着，走起路来格外妖娆。我看得很眼馋。那年我16岁，身材颀长，风度翩翩，不搞条喇叭裤妖娆一下简直浪费了这魔鬼身材。

我刚有这个念头，出事了。

我们班有四个才华横溢的同学，平时的行为就像当时颇有争议的“垮掉的一代”，也就是今天所说的“奇葩”。某天他们心血来潮，一起上街各买了一条白色喇叭裤，上身是台湾流行的丝光T恤，然后肩并肩在校园招摇过市，收获了很多赞美和妒忌。他们刚回寝室，政治辅导员就找上门来，循循善诱地劝他们把喇叭裤脱了。

轰动全校的“四条喇叭裤事件”后，校方专门出了一个规定：不准穿喇叭裤进教室。

但我们班还有一个更先锋的同学，他身材奇瘦，特别钟情喇叭裤，不但进大学后买的裤子全是喇叭裤，而且还把正常的裤子改成了喇叭裤。因此他的形象在校园里也很辣眼，上身是中规中矩的中山装，下身却是先锋的喇叭裤。规定出来后，我们都很为他忧心如焚，晚上睡觉前，我们讨论过很长时间：某人以后怎么办啊，他岂不是要穿内裤（后来叫秋裤）去上课？

喇叭裤穿不成了，但一种新时装开始流行。

大学二年级的时候，校园里流行起跳交谊舞，舞会上，比我们高一届的很多同学穿着一种用开司米毛线织的黑色高领毛衣，下面配黑色直筒裤，衬得脖子修长，非常青春。这行头，开始以我们中文系的学生最多。没多久，整个校园里都是黑色高领毛衣，不过我发现大多数人都把这种毛衣穿在自家织的红红绿绿的鸡心领毛衣里面，只露出黑色高领而已。一打听，原来不过就是一个领子，下面用两条松紧带拉在腋下，这是上海人发明的。上海人在这方面有着别的地方的人所不可比肩的天赋，他们还发明过可以伪装成衬衣的白领。假高领毛衣最大的好处是便宜，当时一件真正的高领毛衣要二三十块钱，而一条这样的毛领子才 3 块 5 毛钱。上海人真聪明！我和上铺立即到街上买了一条假领围在了脖子上。后来女同学发现了这个秘密，有一次我的上铺被她们奚落了一把——那时我很少和女同学讲话，所以特别重视女同学的评价。此后，我和上铺便都不穿这种古怪的领子了。

二

大学毕业我分到省城的一个机关，我穿着一件白色短袖衬衣、一条洗得发白的军裤，一双穿了四年、后跟磨得只剩下几毫米的军用凉鞋、挎一个军用挎包去报到，一时在单位里传为美谈，说我是一个艰苦朴素的好青年，一看就很有前途。不过后来我调到深圳，临行前，一些老同事提起这件事还是劝我说：某人啊，深圳是开放地方，到深圳可要穿好一点啊，别给咱们老区丢脸。于是我穿着一套双排扣西装，还拎了一只那个年代时髦的密码箱，昂首阔步到深圳的新单位去报到了。走过单位长长的走廊，我感觉那些女同事们全都意乱神迷。熟悉以后，有一个女同事说起我在深圳新单位的亮相，感慨地说："我还以为你是来推销老鼠药的。"——有一年的央视春晚里有一个小品，尚未成名的张国立扮演了一个卖老鼠药的，就是这副行头。

扯远了扯远了。

参加工作那年我正好 20 岁，翩翩一少年，但我的工作性质不允许我穿得太新潮。当时我的服装基本是制服型：先是中山装，后来党和国家领导人都穿西装了，我们单位也给每个职工发了一套藏青色的西装，从此我不再穿中山装，改穿颜色偏深的西装。

藏青色西装穿旧以后，我又买了一套 700 元的西装，那时 700 块钱可不是一个小数字。我穿着那套昂贵的西装在单位招摇过市，逢人就用非常地道的洋腔洋调报出那套西装的品牌，结果树大招风，很快就有好事者考证出那种牌子的西装是法国一同名酒店侍应生、洋人称之为"Wait Boy"的人穿的工作服。

我们办公室的一个美女小脸憋得通红，最终还是不顾礼貌地大笑起来。她笑起来真难看，牙齿显得好大。

因噎废食，从此我不再相信名牌，就换了一件面料像麻袋一样、口袋在外面的休闲西装，花了 450 块钱。卖衣服的是一个很胖的女人——她一定喝了不少像我这种冤大头的血才长得这么胖——指天画地对我打包票说，这是广东最流行的款式，广东有钱人都穿这种衣服。

她只卖 450 块钱是因为断码了，这么大件的西装只有像你（指我）这么大块头的人才撑得起来。你穿上去……哎呀呀！她眼睛恰到好处地露出了崇敬的神色：像广东的房地产大老板耶！我于是马上变得像广东的大老板一样深沉矜持，房地产耶！大老板耶！我掏钱的时候装作看都不看。等我出门的时候，我已经不会像当时我那个年纪的人一样用轻快的步伐走路了。我在脏兮兮的街头面无表情地踱着方步，眼睛若有所思地望望对面一栋烂尾楼，盘算用多少钱把它收购了，然后开一家西服店。

反正我特别酷。

不过我在那盘桓了半天，直到已经沉不住气了，也不见原业主跑出来，哭着喊着求我赶紧连人带楼给买了。

当然这丝毫没有影响我再次很自信地逡巡在我们单位的每间办公室。那天，正好有一个到中东劳务输出回来的建筑公司的领导在一间办公室坐着，看见我身上的广东房地产老板穿的西装，由衷地赞叹了一句：我们那工地的伊拉克监工就穿一件这样的西装，我当时眼馋得要命。

我的眼泪差点没掉下来。

我后来买的衣服既不新潮，品质也不是太好，但只要穿上了新衣服，上至老总，下至食堂员工，都会分享到我的幸福，因为我的舆论工作做得很到位。在内地一天到晚无所事事，我有很多时间到各个办公室去炫耀展览我的新时装。每到一个地方，我就佯称上一个地方的人对我的新衣服给予了多么高的评价，而对穿这套衣服的人评价则更高。我的启发招来的往往是一片“嘘”声，这时我权当大家是嫉妒，所以总是报以甜蜜的、善良的微笑，我的神经系统因而变得格外坚强。我穿新衣的感觉就是这么好，穿衣戴帽，图的不就是这种感觉吗。

说到这里，我不得不提一下我以前的一个同事 X 君。他是比我高一届的大学同学，此君满腹经纶，文采飞扬，不过在我们单位他的学问一点也用不上，于是就义务客串起我的“托儿”。当我穿上新衣服的时候，我们两人就一前一后走到别人的办公室，我摆几个服装模特的动作，他就在边上竖起拇指大声赞美。我谦虚地说：这件衣服是多么的华丽，穿在我这样的人身上简直有点暴殄天物。他马上接茬说：你穿上这件衣服啊，简直就像阿拉伯王储。这件衣服有幸穿在你身上，可以说是得其所矣！我抻抻衣襟，说：就是贵了点……他马上摇头晃脑地说：为了你不凡的风度，可以说是物有所值。钱是不会走错路的啊！

有学问的人就是智商高，他的反应如此之快，这样高素质的“托儿”，上哪找去呀。

我们一唱一和的日子过得很快，我们单位也经常像过节一样的开心。后来我调深圳，原单位也改革了，他提拔当了副总，现在每每见面，他都是一副干大事的样子，言必谈他在什么会上提了什么重要要求。

三

到深圳后，工作变得很忙，我再也不可能像以前那样办“时装展”了，再说干我们这行的，在深圳也不可能穿得过于讲究。还有重要的一点就是我发现深圳虽然是中国服装业最发达的城市，是时尚之都，但深圳人日常生活着装却比较随性。我到深圳后，见过很多有钱人——我很多同学就是有钱人，见他们都穿得似乎很平常，大多是一身休闲装。以前，我知道广东人穿衣服不讲究，喜欢穿休闲装，我把这个情况归结为广东人硬件不好，也就是广东本土人长得不怎么样，穿好衣服是浪费资源。

我有一个女同事有一天对我说起她到深圳若干年后第一次回家。她说她爸爸妈妈在机场一看见她，第一句话就是：你怎么穿得像一个打工妹。

开始我还不相信这个故事是真的，若干年后我理解了。我回老家时，穿的全是很多年以前在内地时穿的毛料制服，只是样式过时了，最后竟发展到把准备扔掉或捐献给贫困或受灾地区的旧衣服全带上了。我不是装穷，怕老家的朋友跟我借钱。不是的，我不是那种小气的人。我只是懒，不愿洗衣服，旧衣服穿脏了顺手就扔了。结果我发现我的朋友个个都是衣着光鲜，就像为了迎接我刚从服装店买来的，其实现在他们每天都是这样打扮。而在若干年前，这种情况正好调个个儿，他们全都衣衫褴褛，只有我才衣冠靓丽。老同事们用同情的眼光打量我那身上不了台面的衣服，脸上露出了不解的神情，说：某人，你在深圳不至于混得这么差吧。

机会总是突然出现。某年春天的一天，天气突然变冷，我找出了来深圳报到时穿的那套双排扣西装，还打了红领带。一进办公室我就大声地问最靓的一个靓女："你看，我是不是越来越像一个白领了？"她蒙圈了半天，才说："你又卖老鼠药了？"

那天，我发现很多人都像她这样友好地问候我，最后竟发展到鸡一嘴鸭一嘴的冷嘲热讽，连"衣冠禽兽"这样的词都用上了。我顿时找回了以前的感觉，找回了自尊与骄傲，面对这些心怀鬼胎的同事，我这个严肃的人脸上再次露出了甜蜜的善良的微笑。

这就叫曲高和寡，就叫寂寞呀。

后来，我很少穿一整套西装。

四

说说笑笑谈服装，其实服装也给我带来很多真正的苦涩，我也是从服装开始认识到自己对家庭所要承担的责任。

早年，父亲从军，穿了半辈子的军装，1978 年转业回老家前，我们大院里的转业军官们都在置办到地方时穿的便装。有一天我放学回家，看见家里原来的一个老保姆夹着个布包包来了，还带来了一个男的。后来我才发现，老保姆带来的那个布包包的是一件旧呢子中山装，那个男的是一个裁缝，是到我家来改的。当时我家有一台华南牌缝纫机，那个裁缝就在我家给爸爸量好了大小尺寸，改了起来。再后来，我知道那件旧呢子中山装是给爸爸回老家到地方工作时穿的。

到了老家，看见爸爸穿着那件旧呢子衣服，我心里很不是滋味。爸爸的工资并不低，但我父母家都在农村，双方都有老人，每月都要寄钱回去，而且我们三兄弟的开销也不小，所以我家当时很穷。从此我有一个没对任何人说起的心愿，等我赚了钱，一定要给爸爸买一件新呢子衣服。我大学毕业的当年，终于实现了这个愿望，我攒下了两个月的工资，72 块钱，给爸爸买了一件呢子大衣，呢子料是灰黑色的，很扎实，不但看着很上档次，穿着是很暖和的。爸爸一直舍不得穿，在我的印象里，他只有在全家人照相的时候才穿，所以一直到他去世，那件呢大衣还很新。

往死里吃

一

我生不逢时。早年，袁隆平的杂交稻还没推广，中国还是一贯的缺少粮食。我当时生活在粤东，那里人均只有三分田，是中国粮食最紧张的地方。不堪回首的日子，我最刻骨铭心的恐惧是家里的米不够吃。

论粮食，我们家的条件是当地最好的，甚至比县长家都好，因为家父在部队上干，部队的粮食定量是最高的。粮食定量这个词今天的人是无法理解的，40 年前计划经济时代，城镇居民购买粮食制品不是可以随心所欲的，国家粮食产量就那么多，分到每个人头上是有计划的，如果放开了让老百姓胡吃海喝，那国家的粮食战略储备就会受到影响，因此每人每月的粮食都有定量。在南方，定量基本上就是大米的定量，而在北方，定量内容还要包括粗粮若干，细粮则是很少的若干。而部队干部的粮食定量就很高，军官的定量是每个月 46 斤。我母亲是城镇户口，又是干部，定量是每月 26 斤，我们哥仨定量是每人每月 19 斤。那时，出差在外一定要带上粮票，当年分全国粮票和地方粮票，全国粮票可以在全国各地买到粮食和粮食制成的副食品，地方粮票是各省内通用的粮票。因此，各单位的食堂还要细分饭票和菜票，菜票是打菜用的，饭票则供应相应数量的米饭和面食等。食用油也是这种情况，但好像没有粮食定量这么敏感，大概那时的人对菜里面有没有油不是很在意。广大的农村户口的人没有粮食定量，他们的粮食来源叫“口粮”，就是他们上交了国家的“公粮”之后剩下的一部分。

粮食定量一直到20世纪90年代末还没取消，我1997年调深圳，还带着粮油关系来接转，把南昌的粮油关系转到深圳市。

像我们家有这么多粮食定量，在今天是绰绰有余的，但当年我总是饥肠辘辘。我说过，我们家的条件很好，管饱并没有太大的问题，但我太能吃了，我一顿要吃4碗饭，而且几乎不用什么菜。我们家是用砂锅做饭，锅底总会有点锅巴，每次吃完了，我都要用饭勺使劲地、仔仔细细地刮出来，一口就吞下去；肉包子我一口气能吃8个，还觉得意犹未尽——开始我还很自豪，以为自己是劳动人民，能吃，后来听说乒乓球世界冠军庄则栋训练时，一顿能吃28个馒头，才感叹天外有天；饺子我的最好成绩是80个；而炒面条，我向来是用小脸盆装，一顿半脸盆。但即便如此，还是饥肠辘辘，现在我才知道，是肉吃得少的缘故。在一天到晚四处撒野的年纪，米饭在没有油水的肚皮里面干搓是持续不了多久的。那时候买肉也要凭票，更重要的是肉比较贵，一斤五花肉要8毛钱，不幸遇上缺德的卖肉佬，他还不卖肥肉给你，全给你瘦肉，让你得不到足够的脂肪。

群众的智慧是无穷的，用在增加主食分量方面也是奇招迭出。比如晚上活动少，就不一定要抗饿。晚饭我们家经常是这样，做饭时多放些水，煮开后，先捞出一铝锅稠稠的米汤，吃了米饭后，再喝上一两碗米汤，肚子里就安慰性的满满的了。这种事先捞出米汤的饭比粥硬，比粥抗饿。还有一种方法是掺番薯，煮稀饭也好，煮饭也好，掺进一定数量的番薯，吃了同等数量的饭食，但消耗的粮食却少了许多，因为番薯是不用粮票买的。

我们家每个月都要买很多番薯来弥补粮食的不足，今天城里吃红薯是一种时尚健康的生活，但那时我们是为了充饥。我所在的那个小城盛行一种叫“沙捞越”的番薯，是白薯，沙捞越虽然含糖量极低，一点也不甜，但淀粉充足，而且便宜，一块钱可以买40斤。我每天一大早就洗一堆沙捞越，皮也不削，吃的时候再撕去厚厚的薯皮，用来喂鸡。洗干净后，切成块状，用砂锅焖熟，中午回家做午饭前，可以吃上一两块垫巴一下。回到老家后，我说的普通话有很重的潮州话的口音，同学就开玩笑说我说的是“地瓜普通话”，意思是吃地瓜的人的口音。在老家人眼里，福建和我们那个小城所在的地方都是吃地瓜也就是番薯长大的。可见番薯在我们生活中的重要性，以及缺粮的严重性，在那个信息并不发达的时代，竟然连老家人都知道我们缺粮食。

二

吃饭今天有时是负担，在粮食紧缺的年代，每一种关于吃的往事都令人向往。

比如加餐，这个词已经成了历史，现在的孩子是谁也不知道这个词了。到了周末，一般居民人家都会加一个荤菜，这就是加餐。我们家加餐往往是吃一种叫作“裹条”的食物。“裹条”是广东特产，在粤东叫裹条，到了珠三角一带叫沙河粉，是大米磨成粉加工成薄薄的米粉片，有的切成条状，有的卷成大拇指粗的筒状，卷成筒状的就叫裹条，裹就是卷的意思。裹条要吃新鲜的，特别幼嫩，入口又滑又香。

每到星期天，一大早我就带着几斤大米，到市场上去换裹条。前面说过，当时买粮食制品都要粮票，不用粮票就得用米去换，一斤大米加两毛钱加工费，换两斤六两裹条，我妈妈放很多猪油和切得很细的肥肉，还有绿豆芽，炒得那个香啊！我等大家都用大碗各盛了一碗，就直接用小脸盆盛上。多年后我重返广东，在深圳又吃上了裹条，哦，深圳叫“河粉”，从来没吃到过像我妈妈做的那么香的。

有时，我也会去我父亲的单位去吃饭。家父的单位条件很好，人不多，所以食堂办得很好，他们还养了两头猪。总之，这个单位的食堂办得特别好，最明显的特点是荤菜里面有很多当地人称的“白猪肉”，也就是肥肉。每次到家父单位食堂吃饭，我都端着饭菜堆得高高的大海碗，站在门口，风卷残云。我吃得比干部还多，于是很快就会围着几个我父亲的同事，他们看我傻吃，一边跟我这个小屁孩打赌：你还能吃吗，要是你还能吃这么多，我给你打饭。我傻傻地说：我还能吃。结果，这些冤大头真的浪费了他们不少粮票菜票。而我能吃的好名声也在家父的单位传为美谈。

在爱出风头的年纪，吃饭也能成为小城镇的小孩逞能的本钱。直到有一天，我听说我妈妈一个同事的女儿比我还能吃，据说有一次她吃了一笼屉馒头——她老家是兰州的，到底有几个我也不知道，反正是大笼屉，不是现在广东早茶的那种小小的只能装三个小点心的小笼屉，她妈怕她不消化，就买了几斤山楂——当地叫“鸟梨”的，叫她吃一点消食，结果她一口气把好几斤“鸟梨”吃完了。那年，她也就十来岁吧。我再也不敢吹牛说我能吃了，因为我一定会输给这个女侠，她胖得出奇。多年后我在深圳又见到这位女侠，更没机会跟她华山论剑了，我们都过了能吃的年龄，她也奇迹般地身材匀称了。

回想少年时代的往事，我记忆最深的，是到农场去“学农”。我在读高二以前，我们学校学海南“屯昌经验”，每周劳动两三天。我们学校在距县城十多里远的地方建了一所所谓分校，其实就是农场。我们在一片深达 16 米的沙滩上种甘蔗，种番薯，有一年甚至还种了水稻。劳动的日子，一大早，我们就担着农家肥，我们叫肥料，或推着装满肥料的板车到分校去，然后就到有人烟的地方去拣牛屎，要拣到多少多少斤才算完成任务——班主任就在地里拿把秤等着；或者是给甘蔗间苗、施肥、剥蔗壳什么的。劳动是没人管饭的，中午，同学们就聚在水渠边，吃着自己带去的饭。我带的饭质量是很高的：摁得紧紧的一大把缸油炒饭，又香又硬，非常耐饿。有一回，是冬天的一天，我从包里取出我的大把缸时，不知怎么手一滑，一缸饭“咕咚”滚到水渠里了，捞起来时，水沟里极细的沙子早和水一起渗到饭里面去了。我一点也没犹豫，滤掉水，一口饭一口沙，硬生生地把那大把缸饭吃了下去。

从分校回家的时候，路边有不少小吃摊，卖一种甜面，5 分、一毛一碗，很多同学回家的路上都顶不住饿，都去买一碗垫垫肚子。那时我们家虽然吃得饱饭，但没有太多的闲钱给我零花。我每次从那些摊子边走过都特别难受，老出冷汗。因为我特别想吃，就是没钱。于是我想象着某一天，我当了县长，我每天都吃这种甜面。

记忆中吃毕竟是美好的。最过瘾的当然大年三十那顿，我们那个小城最讲究的吃法是“猪脚墨斗鸡”，就是把猪脚、墨鱼（潮州人管干墨鱼叫墨斗）和鸡一锅炖得烂烂的，那个香啊！我最喜欢吃墨鱼，美中不足的是墨鱼吃多了会胀肚子，每年“围炉”（潮州话吃团圆饭的意思），我妈总不忘提醒我：“别吃太多，吃到八成饱就好。”有一年我奶奶到广东来过年，听到我妈这样提醒我，很不高兴，说：“过年啰，你就让他吃餐饱的啰。”老人家知道我们家粮食紧张。妈妈让她老人家这样一说，哭笑不得，只好由着我尽情发挥。结果那天晚上我真的胀肚子了，痛得在床上打滚，连声叫“艰苦，艰苦”（潮州话“难受”的意思，发音为“GANG KOU”）。

三

等我们回到江西，饥饿感自然消失了，江西可是中国的米粮仓啊。念大学时，我饭量锐减，以至于有时连早餐都省了，因为早上常常睡过头。我们同组的一个女生、L君对我很关心，她常常早上留一个馒头给我。大三的时候我时来运转，当上了小组长，给了她很多照顾，比方说，一些她不愿去开的会，我帮她签到。分电影票的时候，给她座位好的。毕业后，这个好心肠的女同学嫁了一个研究生，生了个儿子。现在，她退休了，和原来的同事办了个文学网站，生活很丰富。

我饭量锐减还有一个征兆就是每顿不过吃四两米饭。只有一次，我和我的上铺X君一起吃饭，我俩各打了四两米饭，一份咸菜，结果饭吃完了，咸菜还剩下一大半。X君提议加点饭，我自然同意了。我跟在他后面，结果他一口气加了半斤饭。他后来解释说：我们吃四两饭只用了一小半菜，剩下的一大半菜就应该配半斤饭。这都是读书读傻了呀，读得机械了。我跟在他后面，只好加了四两。那天晚上，我们就着一份咸菜，分别吃了九两和八两米饭。同寝室的老大哥们都担心我们会撑死，把刚刚打来的开水提前倒了去洗脚，然后勒令我们去打开水，好帮助消化。于是我们两个苦着脸，各拎着四个热水瓶，晃晃荡荡地去水房打开水。其实这是多余的，我们一点也不觉得撑得难受。

吃饭我不行了，但吃肥肉我却不幸出了恶名。我们学校每个星期三都要改善一下伙食，吃红烧肉。我们学校的红烧肉真好吃啊，但肥瘦搭配却严重失调，一份红烧肉只有小小的几块瘦肉，其余的全是大肥肉，很多同学消受不了，只好用多块、有时是全部的肥肉换我一两块瘦肉。后来一些女同学知道有这等好事，也主动找上门来。再发展下去，我的瘦肉就只供应女同学了。有一次，从食堂回寝室的路上，我一个师姐看着我碗里堆积如山的大肥肉，不相信我这么能干，逼着我吃给她看，我只好站在路旁连肉带饭全给吃了。她目瞪口呆之余，决定送我一个配得上我胃口的雄伟的外号：江南炼油厂。

写了这么多，其实都是小知识分子的矫情，和那个年代的许多人相比，我能算得挨过饿的吗！我是多么幸运的人儿啊！我还有定量粮吃，也没赶上20世纪60年代初的大饥荒，那几年的故事，有很多人写过了，在粤东那个小城生活时，虽然不懂事，也听说过不少吃糠咽菜的往事，但那都是负面的故事，写在这样一篇小文里实在是太不庄重了。但我还是忍不住，我大学时有一个同学，就不幸赶上了1960年代初的大饥荒，一度曾经靠吃观音土过活。观音土绝不是食物，而是一种质地非常细腻的泥巴，雪白的，新鲜的观音土看上去色泽非常鲜艳，煞是可爱。但是再美丽的泥巴也不是黄油奶酪，怎么说也不能当粮食，但我这个同学家里就不得不吃观音土，因为饿得受不了的时候，胃里面总要有点东西摩擦。大学在一个寝室住了四年，他从来没有讲过那段苦难的日子，他只是经常闹胃病，一闹起胃病来，就疼得在床上直叫唤。

和他们相比，我少年时代过的日子多令人羡慕啊。

酒逢知己

一

酒逢知己千杯少。这绝对是一句真理。知心朋友，尤其是多年未见老友一见面，难免要喝它几盅。酒下肠胃，血上头脑，话就多了，人生的春风得意、潦倒失宠，统统都倒了出来，就连平素里觉得不好意思出口的矫情的话，这时说出来也不难为情了。这样的一种宣泄的时刻是多么短暂啊！于是就接着喝……

在酒文化方面，我启蒙很晚。早年，我们的生活都很贫困，连吃饭都觉得紧巴巴的，根本不可能考虑以酒助兴或借酒浇愁这类风雅的事。

当时，我还听到过一个喝酒喝得差点出人命的事——这可不是一般的故事。在我小时候生活的那个小县城，有一个酒鬼，一天，此公和几个朋友欢聚，从中午喝到日落，此公才摇摇摆摆地回家。他家住在农村地方，从县城回去要走过一条田埂。这时，在他面前不远的田里，有只什么东西，头扁扁的，一摇一摆。此公似醉非醉，以为是谁家的鹅没有赶回家。心里不禁一阵狂喜，心想：晚上的下酒菜有了。只见他蹑手蹑脚地走过去，说时迟，那时快，他顺手一捞，一下子就抓住了那东西的脖子。那东西一激灵，嗖地弹起了尾巴。这时，他才发现这是一条眼镜蛇，顿时酒全吓醒了。他的另一只手下意识地抓住了蛇的尾巴，把一条扁担样长的眼镜蛇牢牢抓在手里。他也不知哪来那么大的劲，一只手紧紧攥住蛇的脖子，攥得它的舌头吐出来就收不回去，另一只手攥住拼命挣扎着的蛇尾。他就这样平端着这条蛇继续向家里走去。蛇很重，他的脚又发软，走不几步就摔一跤，而且是脸朝下摔。好不容易到了家，蛇已被摔得稀烂，他的脸也血肉模糊。

这个类似武松打虎的故事叫我望酒生畏，因为我平生最怕蛇。

我第一次独立接触酒是上大学三年级的时候。当时，我们的古典文学课正讲魏晋时期的文学，讲到西晋初有一个大名人叫刘伶的超级酒仙。他因不满司马家族篡了曹家的权，终日买醉。某天，刘酒仙觉得用碗喝酒不过瘾，苦闷中从猪溮盆中得到了灵感，于是专门定做了一个类似的大盆，然后将酒一缸一缸倒进去，邀上一大群志同道合者，一齐趴在地上，把头栽进盆里，像猪吃溮一样，咕咚咕咚不停地喝。这时，刘家的猪们看见了，也毫不客气地走过来，把长嘴伸进了酒盆里。刘伶一伙喝得正带劲，突然有人发现身边多了一些不太像人的东西。再仔细看看，这才发现是猪，于是连忙起身将猪轰走，把猪嘴弄脏了的部位的酒泼掉一些，又埋头喝起来。直至酩酊大醉，忘了世事。

这么风雅的故事给我的启示我简直说不出口——我发现了酒可以治失眠。当时，我情窦初开，暗恋着外系的一个女同学，晚上老睡不着觉。于是我就到学校的小卖部买了半斤 50 度的三花牌白酒，那是我老家的大众化的名酒，睡觉前一口气喝了下去。我以为我会醉倒，结果奇迹出现了：我不但没醉，反而更加亢奋，决定给那女同学写一首诗。当天晚上写好了，酒劲也完全过去了，我竟然完全清醒了，情诗自然就没敢寄出去。

用这样的方式开始喝酒的历程太不体面了。但我是个老实人，我得说真话，我的确是这样发现自己的酒量非同小可的。

二

参加工作后，我的财务状况很可观，第一年月工资 49.6 块，第二年一转正就有了 56.3 块。在那个年代，是妥妥的中产。于是，同学朋友在一起喝酒次数也就多了起来。那时，喝酒理由似乎特别多：领了第一个月的工资，该喝；过了见习期，该喝；一毕业就成了“中年知识分子”的大同学结婚了（现在的大学生可能不了解，77—79 级有很多人是参加了工作或当过农民后考上大学的），该喝；谁谁发表作品了，该喝；某个同学当上某领导的秘书，前程眼看着辉煌起来，我们有靠山了，更要喝！

同学在一起喝，难免出些洋相，分的单位不理想的同学喝着喝着就涕泗滂沱，写的材料不合领导的口味的同学一喝酒就摔碗打碟。是啊，年轻的时候，我们常常喝醉。

我记得我第一次喝醉是几个分到外地的同学第一次到省城来出差。

那是一个美好的金秋之夜，我来到他们下榻的招待所食堂里喝。那次是我做东，我一进门就叫服务员赶紧把本店最便宜的菜端上来，然后开喝。喝到晚上 9 点多，眼看着脚边的白酒瓶摆了三四个，我觉得天旋地转了，便摇摇晃晃地上厕所。当年厕所的冲水设备结构是这样的：在便池上方一人多高处设一个水箱，接一条塑料水管通到便池里，水箱上有一根拉绳，一拉，水就哗哗地冲下来。我上完厕所，想去拉绳冲水，结果脚一软差点没摔一跤。我本能地拽住水管，没想到用力过猛，竟把水管拽脱了，头顶上水箱里的水哗地一下倾泻下来，把我从头到脚淋成了落汤鸡。最可惜我身上那件崭新的毛料中山装，平时我都舍不得穿。

我清醒了，不敢再回去喝，就穿着湿漉漉的衣服往回走。路上的行人都吃惊地看着我，直到有一个警察把我拦住。我告诉他，我是某某单位的——我们单位在当地很重要，警察一般对我们的小违规都会网开一面。但那个警察一脸狐疑地端详了我半天，又盘问了我几句，最后确认我是那个单位的人，才用摩托车把我送回去。

如果说这次醉酒有点狼狈的话，我另一次经历则非常惊天动地。那是一个中午，其实那天喝得不多，只是中午不宜喝酒，大家喝没一点就醉了。哥几个勾肩搭背，大声谈论着喝得够不够多。我突然有一种冲动，决定请哥们接着喝。但一个较为稳重的人说：算了算了。我火了：我难道没钱吗？说着，从西服口袋里掏出一大沓钞票——共5500元，是别人托我买电视机的钱。那时百元大钞还没出，全是十块一张的。我挥舞着那沉甸甸的一沓钱，亮着嗓门吼道：我难道没钱吗！——在20世纪的80年代中期，5500元相当于我5年的薪水。我越说越激动，竟将手里的钱朝那个劝导我的人掷过去。顿时，十元大钞满街飞舞。周围站满了瞠目结舌的人，我们那个穷地方的人从来没见过像我这样挥金如土的阔少，全傻了。

神奇的是，后来大家帮我把钱都收拾回来了，竟然一张也没少。我酒醒后出了好几天冷汗。

三

我真正尝到酒的美妙是我下农村基层锻炼那两年。我们那个乡是鱼米之乡，酿酒业非常发达，那里的农民家家都酿米酒，当地叫“酒酿子”。“双抢（抢收抢种）”时节，农民不喝白开水，而是用酒糟兑上井水喝。听老人说，在旧社会，当地还有一个风俗，家里生了女儿，就要酿一坛酒，埋到地下，待到女儿 18 岁出嫁时再挖出来当陪嫁。这时的酒液呈暗红色，俗称“女儿红”，喝上一碗就会醉倒。不过到我下乡时，农村里陪嫁的东西已经改成了现代化的电器了，我在农村两年，始终没有喝到“女儿红”。

那儿的农民异常质朴热情，到他们家去，如果不喝喝他们自家酿的酒，他就认为你瞧不起他。农民请你喝酒是最真诚的，他们没有很多表现自己感情的方式，你能和他在一起喝酒，和他像一家人似的聊天，听听他的酸甜苦辣，他就觉得你和他是平等的。我是城里去的干部，又是乡里的领导之一，到了农民家里，哪能不喝。在农民家吃饭，菜很简单，但分量实足，而酒的分量就更不用说了。家里的壮劳力陪着，端着大海碗不停地劝酒，女主人则进进出出，到酒坛里去打酒。看着我一碗一碗地喝他的酒，评他的酒，主人兴奋的眉开眼笑，那是一种非常真诚的开心的笑。当你看累了城里酒桌上尔虞我诈的假笑，这种笑会让你流下眼泪。

在农村的两年，喝百家酒，问百姓事，那是我人生最辉煌、最无拘无束的时期。我离开那个乡时，送我的吉普车离开乡政府大院，乡里打了一挂长长的鞭炮，街上围上来很多给我送行的乡亲。我不敢看他们。我泪流满面。很多年过去了，我一直想，什么时候再回老乡家喝酒，这回一定要喝得烂醉。

像老人一样喝茶

我是一个偶然的机会在乡下老家听说，我是个富三代，我爷爷以前开过茶馆！难怪记忆中的我奶奶喜欢喝茶，原来她曾经是茶馆的老板娘！只是，我家的茶馆开在我们那个青岚湖中水洲上的农村老家，不是在南昌城里。南昌人以前把喝茶的公共场所不叫茶馆，小市民逛的是小茶铺，有钱的南昌人去的则叫茶楼，就是不叫茶馆。不过为了写文章方便，我还是叫茶馆吧。新中国成立，我家划成分是贫农。一个开茶馆的怎么就变成了贫农，桑田变沧海，我爷爷奶奶到底怎么了？我也懒得打听，反正现在我家的茶馆连遗址也找不到了。

既然发现了这段足以自雄的家史，我在南昌工作时就专门研究了一下南昌的茶馆，我发现南昌的茶馆文化博大精深，比之大名鼎鼎的喝茶之城成都一点也不逊色。

南昌人开茶馆的历史可以追溯到一千多年前的宋朝，那也是中国茶文化最发达、茶艺走向登峰造极的时代，而宋朝的南昌是中国最发达的商业城市之一，地位类似于清朝的广州。到清朝时，南昌茶馆之多、规模之大，号称江南第一。市中心中山路一带方圆 4 平方公里，各种茶馆有 200 多家。船山路（船山，即明代大儒王夫之，字船山）是茶馆最多的地方之一，集中了宝华楼、聚贤楼、陈源发三大名牌茶楼。早年，南昌城里的朋友相聚、红白喜事、调解纠纷、洽谈生意，都是在茶铺茶楼完成的。

南昌的茶馆和我后来到成都出差时看到的茶馆不同，成都的茶馆，每人一个盖碗茶，店小二提着一个长鼻子大茶壶，给人续水时站在十米开外，从大茶壶的长鼻子里喷出的开水就像精确制导似的冲进客人的杯子里，那是一门令人叫绝也叫人害怕的艺术。南昌的茶馆就没这么暴烈的场景。

于是我特意到船山路去寻找茶馆，好不容易才找到一家门面狭小的茶铺，里面只摆了四张桌子，其余七八张桌子摆到了人行道上。进得门去，不见雅座软席，也不见花格窗，朴实的水泥地板，家常的八仙桌，举目皆白发苍苍、身穿涤卡中山装的老人，边上有一家杂货铺正放着流行歌曲，这里却气氛安宁，只有老人舒缓的轻声细语——当是时也，南昌的年轻人正在追广东的生活方式，听广东音乐，喝珠江啤酒。我随便在一张桌子前坐下。喝茶的老人面前一只白瓷杯，共用一只热水瓶，就这样坐着聊天，或独自发呆。和老人聊起来，他们都有点惊讶竟然还有我这样的年轻人泡茶馆，于是，声音也透出了兴奋：你不要看这样一家小铺子哦，清朝开到现在的。一个老头告诉我。这家茶铺是新建县一个姓周的师傅开的，他家在船山路开茶铺已经有四代人。有一位老人看着我，光笑不说话。旁边的人替他说：他是从十几里路以外的徐家坊赶来的。见我有点惊讶，又说：这个老头子新中国成立前就住这，后来到徐家坊的化工厂上班就离开了。老都老了，又想念这一方茶桌了，没事就过来坐坐。他没有文化，也不喜欢讲话，就是喝喝茶，坐一坐。

我又在一些小巷深处找到了几间茶铺，情况都差不多，基本上都是老人，花上一两毛钱，可以坐一个上午或一个下午，白瓷杯的婺源绿茶喝成了清水，老人才依依不舍地离去。

当然，也有热闹的茶馆，市中心八一公园里的那间茶馆，一大早就把八仙桌子摆到了树荫底下，天气好的时候，七八张八仙桌围得满满的，每个老人都端着一杯茶，下棋、打牌、“谈陀”（聊天），铁路事故，物价上涨，都是他们的话题。有一天我来的时候，正赶上一个体格健硕的老者，用和他年纪极不相称的巨大声音在发表家庭观：“前几日啊，我大崽（儿子）叫我开句口，叫每个崽每月孝敬 10 元钱。我跟老伴一商量，老伴连连摇头，我们退休金一二百块，要崽的钱干什么，过下人家还说我们吃崽咯。”

“是哦是哦。”周围那一圈老人都附和着点头。

这时，又一个小老头从九曲桥那边蹒跚而来，一桌人顿时兴奋起来：“吃茶啵。”“老不死咯，留到钱做什哩罗，八一桥那边不用钞票咯（八一桥那边指南昌昌北，公墓就在那边）。”

我就这样爱上了南昌的茶馆，喜欢沉迷于与我年龄逆差 30 岁以上的老人对昨天、今天的倾诉和观察。

那是 20 多年前的情况了，当年和这些老人一起喝茶聊天，我毫无违和感，在南昌工作时，我基本上每天一只白瓷杯泡着婺源绿茶或者庐山云雾，有时友人来访，送一二两古代作为贡茶的吉安狗牯脑，便也改善一下生活。但再好的茶也没把我改造成精研茶道的雅士。这真是我自己不努力，我应该是茶道中人才对呀！

说到这里，我得炫耀一下，我的出生地是广东汕头，那是个大地方，在 20 世纪中叶，汕头是广东第二大城市。自古以来，潮汕地区和福建一样，是中国茶道最为发达的地区，潮州的工夫茶，随着潮汕人漂洋过海讨生活，早已全球闻名。潮汕工夫茶之所以叫工夫，自然有许多套路、秘诀和程序，水温、壶温、杯温、汤色、冲泡时间等等全凭平时的细细体会，而筛茶的手法也名目繁多，什么韩信点兵、关公巡城等等，烦琐复杂，颇得古风。看冲了几十年的“老茶客”冲茶（潮汕人管沏茶叫冲茶），是一种艺术享受。

但工夫茶和宋朝时的分茶斗茶等精致工巧的贵族喝茶游戏不同，工夫茶很大众。30年前，汕头市很少看到茶馆，但不论小公园一带洋房的骑楼下，还是小街巷里的老居民家，几乎家家户户门口都摆一小桌，三五茶客围着一个巴掌大小圆盘，上置小壶小盏：一般都是一套小宜兴陶茶具，像儿童拳头般大小的茶壶，几个拇指大小的茶盏，一个炭火炉，一把锡壶，煮水冲茶，茶叶大多是单枞和铁观音。就开始“Jiadea”（喝茶）了。

汕头到底是一个市民社会，不懂大都会的宏大叙事，以前从来没听汕头人谈中国千年茶经中的传统文化，倒是说起谁谁的茶冲得好，让人津津乐道。我记得最清楚的一个故事，说的是靠冲茶发大财的故事。说有一个潮汕人，早年穷得揭不开锅，只好远涉重洋去新加坡寻活路，在那个潮汕人聚集的小岛，很快找到了一个富豪老乡，在他家打杂。一天，他见主人家的公子在冲茶自品，稍稍一看茶色，就说你不会冲茶。富家公子愠怒，说你一个打工的难道比我这种有品位的富家公子还会冲茶么？他微微一笑，信手给他冲了一泡。公子将信将疑，浅啜一口，果然甘美无比，从此让他专事为自己冲茶，两人遂成莫逆。公子又介绍点生意给他做，终于让他成就为一个大富豪，回汕头盖了洋房。

在潮汕生活时，家父一些朋友同事到家里了坐，我也见过他们冲工夫茶，讲工夫茶的技巧，但那时年纪小，没记住，也没机会实践。在潮汕地区住了十几年，也没学会冲工夫茶。后来回江西，大抵都是用搪瓷缸或陶瓷茶缸喝茶，抓一把茶叶放进去，沸水一冲，可以喝一个上午或下午。这种沏茶法是没法体会到茶的妙处的，只能品味到其中先苦后甘的滋味。

在江西工作了十多年后，我又回到了广东，来到了深圳，深圳的潮汕人非常之多，潮汕工夫茶自然在深圳也大行其道，以至于今天，在深圳几乎所有办公室都能看到整套的、越来越高级的茶具。我本来也是有条件在办公室摆上一套的，但一来自己不会冲工夫茶，二来工作也比较忙，没有工夫，所以一直让办公室给我配的是最简陋的冲茶工具，一只玻璃压榨式茶壶，配几个有把的小玻璃杯，算是用茶缸喝茶与工夫茶之间的一个折中，显得不至于落伍于时代太过遥远。

市井小民嘛，舒适就好，自在就好。

多年后，我回南昌时，听说南昌的茶馆又兴旺发达了，我赶紧找了去，在茶馆最多民德路，我溜达了几间茶馆，每一间都装饰豪华，我以前见到那些茶馆与之相比简直就是杜甫老先生的茅草屋，而喝茶的人也都换成了衣着时尚，派头十足，气定神闲的年轻人。和这些摩登茶客相比，他们的父辈连叫花子都不如。这一切，充分反映了这座有两千多年历史的历史文化名城对传统文化的弘扬光大。

我坐在角落里，要了一壶价格最低，仅50元的庐山山脚下产的“顶级庐山云雾”。不一会，茶馆中央位置来了一位漂亮的小姐，说是要给大家表演中国传统茶道。我高兴得不得了，因为我是一个追求知识、热爱传统文化的人。小姐也就20岁上下，面目端庄，头发梳得整整齐齐，脑后还盘了一个大大的发髻，身着中国传统样式的蓝花对襟褂子，腰上系一方蓝色粗布绣花围裙，要不是脚上套着一双时髦的尖得可以踢死牛的高跟鞋，活脱脱就是一个少年阿庆嫂。

假阿庆嫂面前摆着一副新款的工夫茶具，我之所以称它为新款，是因为我过去在潮汕看到的工夫茶具大有不同，现在那个大茶盘有桌面大，上面的摆设除了宜兴壶、杯，还有一个电炉，一具玻璃水壶，还有几个像陶瓷牙签瓶盖一样的闻香杯。假阿庆嫂将水煮开，沏了茶，又用开水将茶壶冲洗一遍，然后将茶倒入一个像古人饮酒的觳一样的器皿里，再从觳里将茶倒入闻香杯，然后将闻香杯往茶杯里一扣，这才完成冲茶的程序。但是，这时你还喝不到茶。假阿庆嫂的表演还没完，她将闻香杯递给坐在面前的一位膀大腰圆的年轻人。年轻人接过闻香杯，有模有样地闻了一下，若有所思地点点头，意思是“好香好香”。

果然是茶楼，出入茶楼的人和出入酒楼的人，行为举止还是有些不同，茶楼里，吆五喝六打牌的不少，但斯斯文文人轻言慢语的人还是主流。就连那些衣着鲜亮，而头发却染得五颜六色的小青年的神情，也比他们在街上时显得单纯一些。

茶馆越来越现代化、茶具越来越精美、茶道越来越讲究、茶叶越来越香，喝茶的价格也越来越高。但我想，总有一天，这些假阿庆嫂会绝迹的，那些小青年也不会再染头发，他们也会像他们的父辈那样，经常到茶馆坐坐。

一切都会回归本源。

茶的故事

在写喝茶的故事的时候，查了一些相关资料，原想植入文章好提升文章的品位，结果却没用上。不过这些资料非常有趣，可供喝茶的人，尤其是想通过喝茶提升自身文化人形象的读者了解一点中国茶文化的博大精深。

古人认为，茶生长于深山老林，云蒸霞蔚之间，承甘露芳泽，蕴天地精华，是“草木之仙骨”。茶甚至被提升到精形修德的意识形态高度，苏轼有诗曰：“一啜更能分幕府，定应知我俗人无。”中国古人是绝对不在茶里掺杂任何其他有可能“夺茶之性”杂质的，“淡者”才是品茶的正道。而且，古之善品茶之人，每次饮茶不超过三四瓯（小杯子，我的老家南昌现在叫小杯子还叫瓯子），而像北京的大碗茶，那是和壮夫喝酒壮胆没什么两样，离茶道远矣。

汉朝的《华阳国志》记载，早在3000多年前的商周之交，就有小部落将茶作为贡品。晋朝是中国文人从修身齐家治国平天下的宏大格局向雕词琢句、修仙炼丹、把玩小技等等堕落的开始，喝茶品茶也在这时开始向艺术层面华丽转身，喝茶可以“羽化”。但直到这时，茶在中国的主流社会还以“药”的身份闻名，《本草》论茶：其味“苦而寒”，因而不始于口舌之娱，古人更多用于解酒、佐餐、祭祀、养生而已。唐朝，中国文人歌咏不绝的大唐盛世到来，茶的地位顿时升位，很多城市都有了茶馆茶楼，茶也成了重要贡品，江苏的吴兴和常州当时出贡茶，尤其是吴兴一个叫顾渚的地方，更是贡茶重要产区，很多当时的大文人都在顾渚的山上留下摩崖石刻，比如著名的诗人杜牧就留下过手迹——就是那个写下“停车坐爱枫林晚，霜叶红于二月花”的杜牧。

到了唐朝，饮茶方式已经从过去像喝水一样的粗放式华丽转身为品赏式的烹饮，是一种优游时光、寄闲托意的雅举。喝茶的环境也随之有了要求，一般而言，门上要用一扇竹帘微微隔开凡俗尘世，凉台静屋、要明窗曲几。但最好是野外的竹林下面，有泉石以观动静之所在。

唐朝的茶事兴盛，和一个名士密不可分，他对中国茶叶走向世界也功不可没，这个人叫陆羽。陆羽是个弃儿，3 岁被遗弃在湖北天门的长江边，为一个高僧积公收养。积公是个老茶客，养得陆羽也自幼好茶，一生嗜茶。陆羽 19 岁开始研究茶道，遍访中国名茶产地，对茶树栽培、育种和加工都有研究，对沏茶更有心得，喝什么茶用什么水，都有研究。陆羽曾开列过一张清单，列出中国 12 处最佳沏茶的水，第一名是江西庐山康王谷水帘水，第二是江苏无锡惠山石泉水（无锡现在还有天下第二泉存在），第三名是湖北蕲州兰溪石下水。陆羽喝茶喝成了茶神，据说某州刺史李季卿在长江边遇见来此考察茶事的陆羽，便相邀泛舟扬子江。李季卿听说扬子江心南零地方的水煮茶最佳，便命士卒去南零取水。小卒取水回来的路上洒了一些，便以江边的水冲兑。陆羽接过水，舀了一勺尝一口，便说：这是江边的水。小卒大惊，连忙跪下承认了。其实南零在江心，水至清，而江边的水比较浑，以陆羽的大师级舌头是不难分辨的。陆羽沏茶的功夫也很了得，据说收养他的高僧积公好茶，也很善沏茶，皇帝老子唐代宗闻讯，把积公请到金銮殿上，让宫廷最好的茶师给他沏茶，他只喝了一口就不喝了。代宗问他为什么不喝。他说，我平时喝的茶都是徒弟陆羽所煮，他煮的茶那是一个香，再喝别人煮的，简直寡淡无味。代宗悄悄请人把陆羽招来，让他煮茶，煮好后再送给住在宾馆的积公和尚，高僧才喝一口，就乐不颠地往宫中跑，说：陆羽来了！

陆羽后来著有《茶经》一书，不到一万字，是中国最伟大的关于茶、喝茶和茶具的圭臬。

宋代是中国把各种技艺工巧推向极致的朝代，我们知道宋朝词、画工巧至极，殊不知茶艺也在宋朝达到极致。从宋朝人喝茶的游戏便可知一二。宋朝有分茶斗茶等喝茶的游戏。唐宋时期的茶都是压制成茶饼投放市场的，就像现在流行的普洱茶，有一个叫丁谓的人在福建任转运使，他改良了建安贡茶的制式，把茶饼做得小巧玲珑，曰“龙团”，曰“凤团”，一斤茶有 8 饼；后来一个叫蔡襄的老茶客任福建转运使，又把龙团凤团更精致化，一斤有 12 饼，还裹以华饰。可见，唐宋两朝的人喝的是茶饼，喝茶时，先把茶饼捣碎研磨，拈进小盏，以沸水冲激。这个过程就产生了分茶术。据说当时有沏茶高手，在冲下沸水的同时，以一种小巧的像勺子一样的工具“别施妙诀”，就是巧加搅拌，使茶末滚动的汤纹水脉激起所谓的汤花，古人形容高手分茶的汤花能现出禽兽鱼虫花卉之类的形象。是为分茶。再发展下去，就产生了斗茶，又称“茗战”，也是发端于福建建安一带。斗茶的关键是点茶和击拂两道环节，高手一手执壶冲水，一手持一种类似于微型扫把状的小工具按一定章法拨拉汤花，冲出的茶汤色以白为上，青白次之、灰白又次，黄白更次。在点拂的过程中，还不能把水溢出杯沿。这功夫没个十年八年根本修炼不出来。

这些劳而无功的茶道当时仅限于宫廷和一些顶级文化人休闲所为，一般的市民还是到茶楼，粗茶一杯聊以解渴的。到了元朝，这些繁文缛节都如过眼烟云渐渐烟消云散。元朝的公共场所更喜欢元好问们的戏剧，喝茶只是看剧时的辅助。茶道也趋于朴实。更重要的是，到了这个时期，中国人已经更热衷于直接喝茶叶沏的茶而不是将茶饼精研细磨后冲沏了。到了大明朝，朱元璋下令取消进贡“龙团”，这位农民皇帝可能也喜欢喝完茶后把茶叶嚼碎了咽下去。

蜗　居

一

我的经历非常坎坷，说出来你们会流眼泪，比如说，我当单身汉时过的是流浪生活，最明显的莫过于居无定所。

我大学毕业后分在省城的一个好单位，我分配到这个单位前，人们就说：那里好，老发东西。果然，逢年过节，我们单位总会发些米啊肉啊油啊猪下水什么的。这么好的单位不知为什么就是不盖房，也没有一间像样的宿舍给单身汉们住。

我和一个同学分到这个单位时，单位给了我们一间当年做理发室的小屋子，只摆得下两张床。小一点倒无所谓，要命的是潮湿，又是北屋，更绝的是还没有窗玻璃。那年的冬天特别冷，外面下大雪，雪花竟飘进屋来，第二天，我们发现屋里有水的地方结了一层薄薄的冰。这种房子，跟《白毛女》里那个贫苦农民杨白劳家差不多。和我一道分配来的同学兼同屋徐公竟然冻病了。而徐公是不应该病倒的，他是一个真正的猛男，身高一米八几，体重在 100 公斤以上。正因为他的高大威猛，才获得了徐公的美称。

说起徐公，我得说几句题外话。徐公下过农村接受贫下中农的再教育，在砖瓦厂推过运砖的手推车，所以筋骨之强健，肌肉之发达，在文化界是少有的。他下放农村时，队里有一个上海知青，个子奇小，又是上海人，所以老被人欺负。他就常常帮这位上海人打架。改革开放刚开始没多久，那个上海知青到深圳淘金，发达了，开了家药厂，就叫徐公过去。徐公停薪留职来了深圳。上海知青开始让他当一名部长一类的中层领导。徐公很厚道，说我没做过，怕干不好。上海人精明而多心，以为徐公嫌官小了，就让他当了副总经理，而且根据他的身材尺寸，给他配了一辆大大的二手林肯轿车。徐公坐在大林肯上，协助上海知青把那家药厂给办倒闭了，就又回到了我们这座城市。

这样的人都会冻病，你可想而知那间屋子有多可怕。

冷就睡不踏实，早上总是起不了床。终于被主任发现了。一天，主任亲自到我们住的地方去叫我们起床上班。到了上午 9 点，这件事就在整个单位传为美谈：那两个新来的大学生吊儿郎当，是某总（我们的一把手）亲自把他们从床上叫起来的。

听听。我一参加工作就发现了社会上有这么多险恶的人和谣言。

于是只好找领导解释。我们找的是二把手。二把手一听这个情况，二话不说，亲自下楼去把行政上的人骂了一通。当天晚上，我们的屋子装上了窗玻璃。

第二年，我们的生存（不是生活）环境有了一些改善，搬到了单位澡堂楼上，面积还是那么大，但有一扇朝南的窗户。搬来没多久，徐公就结婚了，他老婆在省里的一个单位，条件好有住房，他搬到老婆单位去住了——他走的时候我很伤心，因为他老婆跟他谈恋爱的时候经常到我们小屋来，帮他洗衣服，而且经常连我的脏衣服也洗了。

新的同屋是一个跟我年龄相仿的小伙子，Z 君。Z 君爱写诗，写诗的人容易热血沸腾。因为他的热血沸腾，注定我们不能在这里长住。

我们楼下是女浴室。夏天的时候，到了深更半夜还有一些勤奋女同事来洗澡，边洗还边叽叽呱呱有说有笑，还弄出其他的响声。早年的建筑材料品质很差，一点也不隔音，女浴室的声音传上来，当然就……很不好。有一天，Z 君终于忍不住在办公室开了一句玩笑，说要借一把电钻来，在宿舍楼上的地板打一个洞，装上猫眼。云云。很快，我们这两个危险分子——其实只有一个，我是冤枉的，便让领导从这间房扫地出门，被安置到我们那栋苏联式的办公楼的阁楼上去住。

领导就是不把我们赶出这间小屋我们也想走了，因为到了夏天，这里实在不是一个安居之所。

我忘了跟您说说我们这间小屋的大环境了。我觉得有必要啰唆几句。那间屋子位于我们单位西侧的一栋三层楼的砖瓦房，一道楼梯将这栋楼分为南北两部分，南端从一楼到三楼分别是男女厕所、男女浴室、我们的宿舍；北端那边长一点，从一楼到三楼分别是锅炉房和单位厨房、杂物间、单身宿舍。一楼那间烧洗澡水的锅炉房一度让我的父母很担心，我爸爸专门从乡下到那间锅炉房去考察了一番。我爸爸当过兵，懂得点军事方面的知识，考察后认为不要紧，锅炉不大，如果爆炸也就相当于一枚手榴弹，炸不到我住的那头。

因为楼下有一个厕所，臭味我倒没闻到过，只是蚊子特别多，一到晚上，我们屋里的蚊子多得可以把当时还不够胖的我和 Z 君抬起来做环球旅行——当然这样的好事是轮不到我俩的，留下来的仅仅是蚊子可能传播疟疾之类的危险。

所以，我们迟早是要离开这个有生命之忧的鬼地方的。

所以，我们高高兴兴地搬到了单位办公室的阁楼上去。

二

我们老家夏天很热，是中国江南一带著名的“四大火炉”之一，最热时可达摄氏 41 度，一般也有 37、38 度。而且延续的时间很长。阁楼一到夏天就又闷又热只有蚊子才愿意躲进去。我们在走投无路情况下，发现了办公室晚上比阁楼里凉快得多，而且办公室还有吊扇。我们不由分说，一到晚上，就卷着草席枕头住进了办公室。这样折腾着，我们度过了一天又一天。

阁楼的日子除了夏天难熬，对我来说，平时也不好过，因为 Z 君开始谈恋爱了。他的女朋友一来，我就得让出房子来，让他们搞搞事。可是 Z 君同时谈了三个女朋友，三个女人不分昼夜，对他进行轮番轰炸。Z 君晕头转向，我也深受其苦，我想到自己的箱子里取一样东西都得在门口咳嗽半天，其实那时我的身体非常好，呼吸系统压根就没毛病。

我想这样下去不是办法，得要有一个属于我个人的窝。于是我在单位四周侦察。功夫不负有心人，我终于发现我们单位资料室堆放过期报刊的小仓库从来没有人进去，那个小仓库比我以前住过的任何房子都要好得多。这点我要指责我们单位的前领导，明明可以把旧资料仓库和我们的宿舍调个个呀，这样岂不就可以用房子留住我这个人才了。

在一个月黑风高的夜晚，我从气窗翻进去，手脚麻利就把锁给换了。完了，我把被褥搬进去，铺在一堆旧报纸上面，一个家就算安下来了。我在这个小仓库过起了隐居生活，享受着参加工作以来从未有过的安定，没人知道我住在这里。白天，我依然在阁楼的小房间里打转；晚上，大家都下班了，上夜班的工人也走了，我就迫不及待地进入我的新家，躺在我铺在旧报纸堆上的床上。我不敢开灯，怕被人发现；也不敢抽烟，怕点着报纸。但在黑暗中，一种有了家的幸福感，让我的心觉得格外的温暖。

不是矫情，我真的感到很幸福。因为打有生以来，我还从未自己一个人独自占有一间这么大的房子：从记事起，我便和弟弟们一间房；上大学是八个人一间房；参加工作后，我一直是两个人住一间房。可以说，20 多年来，我从来没有自己的隐私，甚至连存放隐私的场所也没有。而此时此刻，这间黑暗的屋子里只有我一个人，我是这间仓库的主人，有着至高无上权力。我可以选择躺着，也可以选择坐着，在里面倒立也可以，而不用担心谁笑话我；我可以在这里独自思考我所喜欢思考的问题，而不用为了各种关系，和另一个我喜欢或不喜欢的人搭讪从而中断自己这种天马行空式的遐想；当然，我也可以打着个小手电，照着我心仪已久的一个女孩的照片，端详复端详，甚至跟她说几句知心话……人类所能进行的终极追求，不就是像我现在这样，可以随心所欲地支配自己的行为和思想吗。

此外，我的床很舒服，对一个人来说，床也够宽大，完全可以说是那种大到一个人在睡着的时候所能占领的最大的领地。这个领地，不论是帝王的卧榻，还是我这张铺着脏兮兮的铺盖的床，是一样的。

那些日子，我每天都陶醉在这种良好的自我感觉中，其乐融融，忘了今夕何夕。

我高兴得太早了。我忘了资料室还要不停地存放过期的报刊，还是会有人要进来的。一天，在多次用钥匙都不能将门打开之后，资料室的同仁找来工人将门撬开了，他们顿时目瞪口呆：里面竟有一套脏得黑乎乎的被褥！最早从惊愕中清醒过来的，是平时对我不错的一个老太太——祝她长寿，她斩钉截铁地说：我知道这是谁干的！

我很快就被带到了单位主管安全保卫工作的领导跟前。他老人家平素里慈祥的脸此时扭得不堪入目，从哪个角度看都写着这样一行字：恨铁不成钢。他用颤抖的手指着我，久久说不出一句话，末了，他才咬牙切齿地吐出几个字："你简直……"

此刻我也沉痛得抬不起头来，一方面我从此失去了那个安乐窝，另一方面，我辜负了领导对我的栽培，本来，以我的成绩，是可以列入副科级干部考察对象的。我懊悔得眼泪就要流出来了，可是那些不争气的眼泪一直到我离开领导的办公室也没挤出来，没有得到领导对我的悔过之心应有的理解，我的前途就这样被毁掉了。

婚后，我有了房子，房子很小，孩子妈很能干，也很勤快，家里总是收拾得整整齐齐，干干净净。但我有很久都觉得这是在做梦，老觉得我的家在那个阁楼上，在那间仓库里。婚后很久，我还会跑到那间小屋子里去，在里面站一站，才觉得心里踏实。

显然，我变态了。

摩天大楼

一

曾几何时，我是多么热爱摩天大楼啊。

早年，我生活在粤东一座小县城里，我们那里最高的楼是华侨旅社，只有四层楼，在我们那就是一座了不起的巅峰了。华侨旅社正对着一座叫迎仙桥的石桥，我们那座小城的人都喜欢站在桥上，以华侨旅社为背景照相。被他们所感染，我爱上了高楼，于是我最向往的地方就是广州，因为广州有一幢27层的楼。那时，这是中国的最高建筑，是中国的骄傲。当时“外面”的信息，我们只知道有个香港，那是一个大地方，可是听说香港也没有27层高的楼（其实已经有了，老师不让我们知道）。你想我们该多自豪啊！

厉害了，我的大广州！

在广东的小地方，关于27层楼有很多神奇的传说，有一个传说说的是日本国来参加广交会，提出要包下27层楼住。当时睿智过人的总理答应了，并且开出了很优惠的条件，从二楼算起，每层楼每间房加一块钱。结果日本人一算账吓坏了，帝国保险公司的总经理也亲自出面找他们协商退保，日本国的贸易代表团连忙撕毁合同，不住了。因为按这个加法，升上了 27 层后，小日本国就会破产，这些人最后非但住不起 27 层楼，他们还会变成亡国奴，被卖到非洲去当苦力。

在这些神奇传说的影响下，27 层楼在我心目中更崇高了。我没法想象 27 层有多高，那一定是白云缠腰，站在下面根本望不见顶。我妈妈得过一个劳模奖品，是一个塑料皮的小笔记本，封面上印了广州 27 层楼的图案，我小时候顶喜欢做的一件事就是用一支铅笔，点着图案上面的格子，数楼层。后来我们到广州时，我最惦记着的事就是让我爸爸带着去看 27 层楼。我们去了，那是海珠广场边上的广州大厦。我站在楼前的马路上，一丝不苟地数它的楼层，真有 27 层啊！于是我专门在这座当时中国最高的楼前照了相。

二

我们家搬回到老家的时候，正好赶上改革开放，当时我父母单位有一台电视，正好在演当时的国家领导人访问日本、访问美国，我在里面看到日本、美国的城市有很多很多的摩天大楼，而且看上去比广州的 27 层楼还高。我当时惊呆了，然后心里别提多难受：不是说日本美国都是中国的手下败将吗，他们的楼怎么可能比中国的还高？

所幸的是，中国很快也是高楼林立了，以中信实业在北京长安街的“大巧克力”大厦为起点，北京在当时城东建了中国第一批高层住宅、合资酒店，南京建起了 37 层的金陵饭店，广州建起了白天鹅宾馆，中国大酒店，都是远远超过 27 层楼的摩天大楼。更为令人兴奋的是，深圳以三天一层楼的速度，建起中国最高的国际贸易大厦，53 层。而在罗湖小区，毗邻国贸，有一大圈与国贸不相上下的摩天大楼。

看着电视上深圳的画面，我的心理终于平衡了。

这时，中国进入了一个畸形发展的时代，人们衡量一座城市的现代化程度，习惯于以摩天大楼的数量来判断了。那个时候我常出差，到北京上海广州深圳自然是要看摩天大楼的，到别的和我老家那座城市差不多的地方，我第一件事就是去找当地最高的楼，去数数它的层数，看看有没有我们老家最高的楼高，如果有，我就很不开心，如果没有，我就觉得我们老家比它发达，心理就平衡了。那时，我是个真正的乡下人，到处数楼层。

其实那个年代像我这样的人在中国应该不少。后来据我考证，这是美国人搞的鬼。自从 1891 年，由建筑家沙立文设计的第一座摩天大楼——10 层高的温赖特大楼出现在圣路易斯城，摩天大楼就成了经济实力的体现，美国最乐于展示的就是它们的摩天大楼。到了 20 世纪八九十年代，东亚各国各地区经济腾飞的时候，大家也都争相比赛建摩天大楼，你有一幢 50 层的，我就建 51 层的，不如此不足以显示我的国家比你富，我的投资环境比你好。

国际如此，国内也是如此。1997 年，深圳 384 米高的地王大厦落成投入使用，广州不干了，我好歹也是省城啊，于是建了超过地王的中信大厦，391.1 米。广州拥有了中国第一高度，上海又不干了，于是建了金茂大厦，420.8 米，成为中国第一，世界第四。这下，高度和上海在世界上的地位相称了。有一年，我到上海专门登上这座中国第一高楼的顶部，俯瞰大上海，但见黄浦江对岸所有的屋顶——包括 100 多年来骄傲地在外滩高耸入云的那些宏伟建筑全都像小人国的玩具，心中好不得意。我的国家是多么的繁荣富强啊，我作为一个爱国青年能不骄傲吗。

当然，上海人没有罢手，后来又建了不少比金茂大厦更高的楼。

深圳当然也不甘落后，建了中国第一的平安银行大厦。

最叫人胆战心惊的是2004年，台北建成了“台北101大厦”，竟高达508米。在此前几年，我看报还见日本人在幻想要建一座“一里高的摩天大楼”。一里就是500米，没想到台湾实现了。我对着台湾地图想象着那座一里多高的大楼屹立在台湾的情景，为台湾感到着急，万一这座楼倒了，岂不是要把那个小岛砸成两截。后来我有机会去台湾，实地勘察了101大厦，发现只是台北市中心的一座楼而已，占地并不大，楼倒了并不会砸断地图上看上去窄窄的台湾岛，这块心病才去掉。

三

当我到北方转悠了一圈，来到中国摩天大楼最密集的城市之一深圳时，我突然发现我对摩天大楼是那么陌生，以至于发展到恐惧。

严重的是，恐惧摩天大楼，意味着我正在丧失进入摩天大楼社会的能力。

我是一个有教养的人，但教养不妨碍我也喜欢串门——当然不是去说东家长西家短，我是去找朋友吹牛聊天加蹭饭。我在深圳有不少儿时的伙伴住在摩天大楼里。对他们来说，这当然是好事，凉快、没蚊子，据说还是身份的象征。但对喜欢串门的我来说，就太麻烦了：我总会忘记他们住第二十几或三十几层，或者把几个朋友所住的楼层搞混。有一次，我到一个朋友家去打牙祭。那天，我记住了他所住的楼层，可这幢楼每一层的房子都是按“ABCD”界定方位的。我知道我朋友住宅的方位，却怎么也想不起是A还是B或C、D。于是我随便报了一个字母想蒙过关。我低估了守卫高尚住宅的保安员的责任心，低估了这里通信工具的发达程度。只见他们在一个仪表盘样的装置上按了一键，就和我所报的房间的住户讲上了话。我清楚地听到遥远的二十几层楼上的对方说：我根本不认得这个人！

我在保安员马上凶狠起来的眼神中落荒而逃。

那一天，我恨透了摩天大楼。想我在以前的地方工作时，要找一个朋友多省事啊。我要做的就是对着一幢楼照直走进去：那是张三家，错不了，他家门口用铁链子拴了一辆童车，锈得像木炭做的，一碰就会碎。张三说要等他最后一个小姨子（那年 15 岁）生孩子时送给她；那是李四家，也错不了。他家门口码着一大堆不知哪儿捡来的破砖头，说是准备在阳台砌一间小屋，给他妈当卧室。其实那么多砖足够建一座地王大厦了；王二麻家门更好找，他老爸喜欢在门口生煤球炉，那股恶臭在几里路远的百货公司香水柜台前都闻得到，而我的同事 X 君的家就更好找了，他住在一个公厕边上，一公里外都能闻到他家的方位……是的，到朋友家蹭饭，我不用记那些该死的数字和字母。

那时，到朋友家去，找门是一件很感性很形象的事，是一件有太多亲切回忆的事。

四

后来，拜深圳市政府所赐，我也住进了摩天大楼，我住进了一栋 32 层的大厦的第 19 层，我对摩天大楼了解得更深了。当然，刚开始我还是很得意的，我，社会弱势群体中的一员，能住上这样的高楼，造化、造化呀。摩天大楼极大地抬高了我的身价。刚搬家没有多久，我的几个朋友就来看望我了。我当时激动得眼泪都流下来了，说：总算把你们盼来了——我要带他们去看我的新居、我居住的摩天大楼啊。

然而，当我在摩天大楼里住了一阵子，不对劲了。我发现摩天大楼住宅唯一的好处仅仅是在电梯里可以多看几眼漂亮的女邻居，除此以外全是坏处。

最大的坏处就是它会使人的脾气变得很暴躁。

大家都知道，我是一个有教养的人，为人谦恭随和，彬彬有礼，但也架不住上班时等电梯。眼见着电梯像灵车一样慢慢地爬上 32 层，然后我眼睛紧紧盯住电梯门上方的显示灯：32 层，停了 5 分钟，好兆头；31 层，电梯好像被卡住了一下，不过也不要紧，只停了 7 分钟；到了 28 层的时候，可能这里有一个躺在担架里要抬上电梯的，等候的时间稍长了点，不过也就等了 10 分钟。没啥，有的是时间呢；心静了，情况出现了好转，以后各楼层等候的时间竟没有超过 5 分钟的，在 25 楼的时候，才等候了 4 分半钟。搞得我都有点纳闷了。我知道这层有个小孩，他妈妈每天上班他都要大哭一场。那个慈祥的母亲一遍遍堵着电梯门，把那个爱哭的孩子抱了又抱，亲了又亲，一般要持续半小时左右。今天怎么了？我有点怪那个母亲心肠为什么变得这么硬，看她平时挺温柔的；可是到了 20 层，眼看就要到家门口了，电梯突然不走了。我每过一分钟就清一遍嗓子，以便声音清脆地向我的漂亮的女邻居们问午安。我记得我一共清了 100 多遍嗓子，电梯还没来。我终于急了，我希望自己是美国大片里的枪手，拥有一支机关枪，撬开电梯门，对着上面的电梯屁股一阵扫射，于是鲜血哗哗地从电梯底部的弹孔里往下流……

我终于下了楼，这时，正午的太阳照在我早已汗湿的头顶。我急忙赶到单位，领导目光阴郁地盯着我，我的同事们正在香甜地吃着午饭。我不敢去吃，我已经因为多次迟到、旷工被扣了工资奖金，这个月只能喝稀粥配咸菜了。

住摩天大楼的后果是让我差点被单位除名。我发誓，一旦赚够了一万块钱，一定回老家搭间草房住，省得受这鸟气。

上班这么麻烦，下班也没好到哪去，我经常是憋着一泡尿急匆匆地赶回家，希望早点回到家里的洗手间。可是当我走进电梯间，我心全凉了：三部电梯刚刚爬上二楼，我决定赶回单位的厕所去撒完这泡尿，晚上 8 点以后，三架电梯估计就先后下来了。

是啊是啊，住进了摩天大楼才知道摩天大楼原来是像我这样贫困交迫的小知识分子、这样的弱势群体住的。

五

不知不觉，我由摩天大楼说到电梯了。

有摩天大楼，就有电梯。电梯绝对是好东西——当然这话是在挂电梯的那根绳子没断的情况下说的，你要做的就是轻轻按一下按钮，它就“呜呜呜”一路直升，最后“叮”的一声，你就闲庭信步到你该去的地方吧。有了电梯，你绝对不用气喘吁吁，像哮喘病发作似的蹬蹬爬楼梯，轻而易举就能达到你想要达到的高度。

电梯，人类最妙不可言的发明之一。

但摩天大楼的电梯就不一定十全十美了。显然的一点就是按键真是太多了，最多时，我见过排了 4 排的，而且用的全是国际流行灰色，很暗。我发现许多人都与我一样，一上电梯，就弓下腰去，撅着屁股，半天半天地才找到所需要的按键。这种姿势，在电梯里人多时，特别是有年轻姑娘时，实在是太不雅了。还有一个难以启齿的坏处，你不能放屁，或者，你无法躲开你的同梯放屁……我不用多说了吧？

不过找不着按键或者一些异味都不算事，电梯的坏处还在于它远不如自己的腿脚那么可靠。

有一回我上班。头天晚上，我休息得很好，早上起来刮了胡子，穿了西装，皮鞋也擦得很亮。总之，我精神抖擞，信步走进电梯。门关上。我等待电梯送我上青云。结果，好半天我都没听到那声悦耳的“叮”的一声。我头皮发麻，冷汗“刷”地一下就冒出来了——因为我感觉到喷了发胶的头发耷拉下来了：出事了！电梯不工作，我被锁在里面了!

我顿时有一种被世界遗弃的感觉，叫天天不应叫地地不灵。我想起了很多被电梯关着的故事；我在以前工作时有一个朋友，上班时间被关在电梯里十多分钟，等到抢修工人把他救出来，他已经虚脱了，一出电梯门就晕了过去；我还有个朋友的熟人，晚上下班时一进门电梯就停止工作了——这在内地一些城市的单位是常有的事，那天就他一个人，结果在电梯里过了一夜，冻病了。

现在轮到我了。

我怎么会这么倒霉。其实当时我的办公室并不高，在 6 楼，我完全可以爬楼梯上去。体检的时候医生也是这样说的，要我多作体育锻炼，不要太胖了。我平时没有时间锻炼，上班爬楼梯应该是最好的锻炼。我为什么不听医生的话，而要乘坐这该死的电梯呢。我真傻。我又想，就算该我被关一次，也不应该是一个人，起码得有两个人，比如和我们单位的 ××（一个漂亮的女同事，我不便提她的名字）在一起多好，那它爱关多久都行，永远别开门才好呢。但现在的确就我一个人在电梯里。

我太倒霉了。当时，我发誓：一旦被救出去，我永远也不坐电梯了。哪怕上地王大厦的第 69 层，我也坚决爬上去。电梯太危险了。

就在我怨天尤人，神游八骛之时，电梯的门突然又开了，我们单位一个比我更加精神抖擞的领导走进来。他一见到我这个样子，立即警惕起来：你在里面干什么?

我……?

我无言以对。

电梯没坏，是我得意忘形，忘了按楼层键了。

凤凰牌自行车

一

今天，年青一代终于像洋人一样，把自行车当作钟爱的玩具、一种锻炼身体的器械，而不单单是一种交通工具了。

40 年前，也就改革开放前可不是这样，那时，自行车，即便是像广州五羊这样不入流的自行车，也是家里的一件大件。你想啊，一辆自行车动辄 100 多块钱（最贵的要 150 多块呢！），相当于一个公社书记 3 个月的工资，谁家舍得用它当玩具呀。当年自行车是什么？是中产家庭主要劳动力上下班的交通工具，是青年人谈恋爱时展示实力的奢侈品。

那时，有没有人把自行车当玩具，当然还是有的，就是我这种小城少年，只有我们这些无脑无知无忧无虑的小孩，才那么早和世界先进的生活方式接轨。哦，那时还没有接轨这个词呢。

六七岁时，纯粹出于寻求刺激、一种让自己处于腾云驾雾状态的感觉，我把父亲的自行车偷了出来——深圳中华自行车厂 10 年后才合资建厂，中国自然也就没有专为儿童开发的童车，我连龙头都抓不稳，坐在鞍座上，脚还够不着踏板。我一次次尝试踏上踏板稳定住车子的方向，终于，我第一次能够双手控制住龙头，单脚直立在左边的踏板上，驾驭着一辆差不多跟自己一样高的自行车从一个斜坡上，“倏”地滑行而下，滑向我们院子通向大路的斜坡。我顿生一种从未有过的惊喜，我在这个夜色迷离的黄昏控制了自行车的平衡，从此，我的自行车时代到来了！

我用一种很古怪的姿势骑车，一种因为个子太小没法坐在车上而凑合的车技，其基本技巧就是把右腿伸过三脚架，踩踏右边的踏板，踩的时候双腿一曲一弓，上身随之上上下下，我就用这种古怪的动作驱动自行车持续前进。这种车技现在一般人还不会呢。而我到现在，这么大的个子了，还能展示这种对于成年人来说有点危险的骑车动作。再不久，我就骑上了自行车的鞍座，不过这时我双脚还是吊着的。我一只脚使劲踩下踏板后，另一只踏板就借着冲劲升了起来，我再用另一只脚尖将踏板勾到一扭屁股就可以踏下去的位置，使劲踏一下，自行车就能保持持续前进的状态了。

自行车终于取代铁环、香烟纸皮成为我最好的玩具。我用那种极其吃力的动作，骑成了一个熟练的自行车车手：我学会了双手离把，光用腰身和双腿控制车子的平衡，而且可以以这种危险的骑法在人口稠密的大街横冲直撞。我还学会了定车，我们那个小城的话叫“企车”，企是站的意思，就是说，让车站住，其基本要领是扳紧车闸，龙头略微偏一点，定在原地不动。

所谓艺高人大胆，大胆的人总有一些让人吃惊的表演。我那个时候最酷的动作就是在大街上飞车，并且喜欢照着人群直冲过去，眼看就要撞上了，对方已经完全被吓傻，连避开的反应都没有了。说时迟，那时快，只见我一紧车闸，车头一歪，稳稳地停在那个胆小鬼的面前，然后在他或她还没反应过来之际，又倏地飞驰而去。

可惜我生活在一个文化事业很不发达的小县城，没有被杂技团发现，本来我的骑车技术经过专业人士指导，稍加训练，到蒙地卡洛去取一个金小丑奖（世界杂技的最高奖项），简直如探囊取物。

骑自行车是一种很出风头的行为。只见我腰身笔挺地坐在鞍座上，双脚高频率地做着曲轴运动，试图把自行车的速度提高到与摩托车高速飞驰时一般，在芸芸众生中以蛇行的曲线飞驰，心里想象着人们对我的惊羡，姑娘们投来爱慕的眼神。

我简直飘飘欲仙了。

真的，我现在还鼓励爱出风头、爱酷的年轻人骑车，骑车比开汽车神气！不信你看看美国大片里的英雄们，当这些孤胆英雄们要完成一项了不起的事业，比如拯救自己的心上人、拯救即将被核武器炸毁的世界，他们一般都不驾驶汽车，而是开一辆摩托或者飞艇、更多的是骑一匹骏马，最不济也要开一辆敞篷车。是美国没有适合这些英雄乘驾的汽车吗？非也，美国的“悍马”大吉普我看就非常适合他们在行动时使用。但是这些好莱坞英雄不干，他们非要冒着危险乘驾这些完全把自己暴露在外的交通工具，在激昂的音乐声中，他们矫健的身影展露无遗，他们脸上的表情动人心魄，他们不凡的身手显示得淋漓尽致。如果把他们关在封闭的汽车里，他们的英雄行为要打多大的折扣啊。

所以男孩子应该骑车，骑摩托太危险，对独生子女尤其不适，只有骑自行车最好，又酷，又安全。再摔跤，也不过鼻青脸肿，不会伤筋动骨。

二

像我这样的高手当然需要一辆性能卓越的自行车。

我有一辆凤凰牌自行车。

凤凰牌啊！中国第一名车！在我们那个小地方，很多干部骑的都是广州产的五羊牌，而我的车是凤凰牌的。当时，凤凰牌自行车的铭牌是一个盾状的徽标，有一种贵族纹章的风格。更重要的是，当时凤凰牌自行车产量不高，有钱都买不到。所以骑这种车，就像今天开奔驰宝马劳斯莱斯，是一种身份的象征。我印象中，在我的同学里面，有凤凰牌自行车的人凤毛麟角。只有一个同学，家是广州搬来的，有一辆英国原产的克路奇，那当然是世界顶尖名车，但那辆车是民国时代进口的，实在是破得厉害，加上小地方的人也不识货，所以风头始终没盖过我。

我的凤凰牌自行车是公家发给我父亲下乡时使用的，是一辆在当时都算老款的凤凰牌自行车，20 世纪 50 年代产的，比 1975 年以后生产的 28 型稍小，又比 26 型稍大——自行车的型号我一直搞不懂，不像现在对汽车那么有研究。我理解是因为轮子的尺寸，28 型指轮子的直径为 28 英寸，26 型就是轮子的尺寸是 26 英寸？

父亲那辆凤凰自行车实在太破了，当初他把那辆车推回家的时候，充其量是一辆自行车的尸体，搁现在打死我我也不会骑它——太失面子了，但不要紧，我爸爸是一个天才的修理工。现在时髦的叫法是什么……对了，大国工匠！

说到这里，我一定要跟你介绍一下我爸爸，一个不幸被时代埋没的大国工匠。

我爸爸对机械电子一类的东西有着异乎寻常的修理欲——他实在

是因为出生在万恶的旧社会，家里太穷没有读到书。本来，我国制造光刻机什么的是用不着别人插手的，有我爸爸一个人就够了。早年我家有一台红灯牌收音机，是上海出的，啧啧，您听听，上海耶！当年收音机可是贵重物品，但我爸爸从这台收音机买来那天起就处于一种惶惶不可终日的状态中，因为他发现里面有杂音——其实压根就是正常的电流声。于是他开始对它进行改造，他把这台收音机拆得七零八落，直到绝大多数零件装不回去了，才找了县广播站一个专门学过无线电的人给恢复了原貌。但不几天，里面的“杂音”又吵得他坐卧不安了，他于是又拆，又请人重新安装。我记得有一段时间，我爸爸一下班就猫在桌子前面，开着台灯，捣鼓那台倒霉的收音机。后来，改革开放了，父亲的工资提高到了惊人的100多块钱，我家发财了，买了台400多块钱的收录机。当时，家里像过年似的，我们做梦也没想到自己会拥有一台收录机啊，而且还是双喇叭的！没想到我爸爸又发现这台收录机音质不好，又开始拆开来修理，自然的，没多久，这台收录机除了电子部分他不敢动外，机械部分全部报废。

夸了我爸爸这么多，希望他老人家安息。

父亲唯一修好的东西是那辆旧自行车。他把那辆车领回家后，又不知道从哪淘来各种各样的零件，把那辆破车拆个七零八落，然后再用新的零件组装起来，每一个传动部分和需要转动的地方都注了机油。磕掉了漆的地方还刷上了黑油漆。花了好几天工夫，自行车尸体复活了！它最大的优点就是链条盘大而飞轮小，加速特别快，车闸也非常好，一扳就把车刹得纹丝不动。

我爸爸自从修好了这辆车后，对机械制造和修理的信心大增，更激励起他的修修补补的热情，他几乎每天都要检查这部车，发现一点点不对劲的地方，都要马上修理，所以这辆车的性能始终保持在一个优良的状态中。我骑着这样的车，家里有一个不要工钱的自行车修理工，我真是世界上最幸福的车手啊！多年以后，我有了属于自己的凤凰牌自行车，父亲还经常帮着换换飞轮、链盘等处的弹珠，上上机油，擦擦油泥。

1975年以后，一种新型号的凤凰牌自行车面世了，这就是28型凤凰牌。铭牌是一只站立的凤凰，我们那地方称这种车为“企凤”，意思是这种车的凤凰是站着的。父亲到县里去挂职，单位发了一辆崭新的“企凤”给他，他下班骑回家，总是锁在房间里，根本不让我碰，而不是像旧车一样放在门外的屋檐下。我一直没骑过那辆“企凤”，但我并不馋，因为那辆旧车基本归我专用了。

那时我是小县城里最时髦的人物之一，骑着中国最出名的凤凰牌自行车，鲜衣怒马，在大街上人群密集的地方做蛇行状高速前进。我不知道人们是否在注意我，但这种招摇过市的感觉特别好，我觉得大家都在注意我，尤其是那些农村来的人——当地人叫他们“四乡仔”，都羡慕得我要死。遇见我们学校的女同学，我就在路边停下车来，依然坐在车上，一只脚支在地上，昂首眺望远方，作沉思状。那个形象今天想起来都酷得要命。我非常清楚当时自己的身份，我不是街头的小混混，不抽烟，不打架，不欺负女生，不和住在小胡同里的人来往，我是那个小地方的“雅皮”一族。

三

凤凰自行车装载着儿时的欢乐，也装载着少年和青年时代的爱情。

每当想到那辆老式凤凰牌自行车，总会想起年少时的傻傻的日子，在那些日子里，我被一个漂亮的女同学吸引了——打死我也不说她是谁，她是大城市来的女孩，身上有一种与那个小地方的女孩不同的气质，举止也与众不同，有一种特殊的“态”。但那时的男女生是不说话的，我始终没有机会接近她，只有在街上遇见时，我骑着凤凰自行车，在她看得见的地方故意一扭车把，拐一个很惊险的蛇行弯，然后飞快地扬长而去。

后来我学着写小说，就想象她当时的心态：受惊？惊艳？生气？鄙夷？不会不会，一定是惊艳！

我最后一次看见她也是在自行车上。中学毕业我就要离开那个小城了，家父已经接到了转业的命令，我们就要回内地老家了，那个小地方让我牵挂的就是这个女孩。可是我无法跟她通风报信，更不可能给她留下通讯地址，更没有电话。

那些天我郁郁寡欢。说来也巧，离开前的最后一天，我骑车出门去买豆腐，一出我们大院门就碰见了她。她和另外一个女同学到县图书馆去借书，我见她们手里拿着几本书。她依然是那样微微低着头，步态轻盈地走着。一看见她，我不知所措，甚至没看清她的表情，就逃也似的飞快地骑着车溜了——我第一次懊悔自己骑车的技术太高超。回来的时候，我没再见到她。

那是一个 7 月底的正午时分，太阳很大，四周寂寂，空气中似乎还留下她的呼吸，但再也没有了她的身影。我把车停在我们院子门口的池塘边，时间像车轮一样停顿了，风徐徐吹来，路边那棵有着 300 年以上历史的大榕树细叶婆娑。

多年以后，我参加工作了，买了一辆凤凰自行车，这辆车带来了属于我的爱情。和孩子妈搞对象的时候，她还在上大学，我们共同的母校距离我当时的工作单位有十几里路，我找各种借口回母校去看她。那时，不管日晒雨淋，只要有借口我就不顾一切骑上我的凤凰牌自行车，飞快地赶到母校去。一个星期天晚上，我们一起去看了一场电影《波多马克河上的悲剧》。看完电影我送她回学校。我骑着自行车载着她，奔驰在我们那个大都市的最大的大街上。她说：好像你很会唱歌吧。我说：我喜欢唱。她说：你能不能唱一首给我听。我讪笑了一阵，拗不过她，就唱了一首当时很时髦的歌《一样的月光》。一曲未了，我感觉到她的头在我背上靠了一下。我当时激动得心怦怦跳，我知道我们的关系将发生一个质的改变。果然，那天晚上，我们在母校的大操场上推着自行车，在凛冽的寒风中一圈一圈地走着，走着，谁也舍不得告别，后来实在冷得受不了——那个年代我们才不敢去开房什么的呢，只好推着车，又走了十几里路，来到火车站，候车室总是能遮挡一下寒风的。就是在那个严寒的冬夜，我们私订了终身。

四

凤凰牌自行车轮滚滚向前，像岁月一样滚滚向前，骑在上面的那个少年渐渐长大，在滚滚前行的车轮中，我体会了到了长大，体会到了一个时代的苦楚。

中学的时候，我所就读的中学进入了“开门办学”的狂热时期，我们在海边上的一片沙滩上建了一个“分校”，每周都有几天在那里劳动，种甘蔗、番薯甚至水稻。分校距离我们县城很远，自行车成了最好的工具。我的凤凰牌自行车后座载过修砌我们分校校舍的砖瓦、载过装在纸皮箱里、送到分校去当肥料的黑土，更多的是载过这些过早地从事繁重的体力劳动的半大孩子疲惫的身躯。

是的，自行车渐渐不好玩了。但是再苦我想我们也没有靠骑自行车卖苦力养家糊口的人苦。我们那个小城有一种特殊行业，当地叫“拗角子”，我不知道怎么翻译成普通话。小城没有汕头市那样的三轮车，许多没有工作的人，就在自行车的后座上，加装一块长长的木板，用来搞运输，一次可以载三个人甚至四个人。“拗角子”是一件很辛苦的工作，小城当时的路况很不好，到处都是坑洼不平的道路，但这些“拗角子”，骑着自行车，奔走在县城和乡村，其艰辛可想而知。

苦难的人总有在苦难生活中顽强生活的本能！

今大，在我生活的深圳宝安，还可以看到很多很多这样的“拗角子”，这边叫拉客仔，他们骑着电单车拉客，在汽车的洪流中穿行，险象环生。我一个同事采访过一个“拗角子”家庭，那家的小孩偷偷对我的同事说：“我希望警察把我爸爸抓起来，这样他就不会出交通事故了。”

拉客仔是有历史传承的。这就是历史啊！

我家的老保姆是个半瞎子，人非常好，我们院子里的人都尊称她为“青盲姆”（青盲是瞎子的意思，姆是对年纪较大的妇人的尊称，类似于官话的大娘）。青盲姆的丈夫就是个“拗角子”。有一天，天气特别炎热，那一次他累了一天回到家里，吃了几碗冷粥，结果当天就得暴病死了。青盲姆为此哭瞎了眼睛。

我那时还小，根本没有体会到那些“拗角子”的车夫们的艰辛。我只记得当时县里的“主流社会”把“拗角子”当作是资本主义行为，民兵小分队（有点类似于今天的城管）三天两头突袭“拗角子”。我们学校门前就是一个“拗角子”的集中地，“拗角子”们没有生意的时候，坐在各自的自行车上，歇歇脚，抽根烟，谈谈话。突然，他们腾地飞身上车，向城外的方向死命地狂奔。原来，是民兵小分队抓来了。那时，我们看到这个情景，还觉得好笑。

五

我参加工作后，我有了自己的自行车，而且是崭新的，自然是凤凰牌。这时，我已生活在省城，那是个大地方，凤凰牌自行车已经不是稀罕之物。不只是不稀罕，这时，一种更秀气，更适合城市人口味的自行车出现了，那就是凤凰 26 型。26 型凤凰比 28 型小巧，轻便，造型比较女性化，非常秀气，它的出现立即让 28 型相形见绌。不过我还是对 28 型情有独钟，我参加工作的第二年就买了一部 28 型凤凰牌自行车，就是那种“企凤”。

再美好的事物、再美好的地方，如果没有属于自己的故事，都会变得很平淡。当我写这篇自行车的故事时，除了爱情，好像没什么特别的了。我没有骑车冒险独闯无人之境不毛之地，更没有像许多胸有大志的青年那样，单身骑车宣传申奥、宣传环保之类的壮举。唯一有点意义的记忆就是我的自行车在关键时刻当过一回救护车。

有一年夏天的一个夜晚，夜深了，我和同事 Z 君还在办公室辛勤工作。这时，我们单位的另一个小伙子、我的师弟 J 君和女朋友看电影回来，见我们这灯火通明，就趸了进来，和我们一起分享他所看的那部动作很火爆电影的精彩。他一边眉飞色舞地讲着电影里的故事，一边用大头针剔牙齿——像是和女朋友一起去吃了消夜，突然，他眼睛和嘴巴同时睁得老大，手指指着喉咙位置，嘴里发出类似于瘫痪病人那样的“啊啊”的怪叫声。我和 Z 君见状大笑不已。笑了一阵，觉得不对劲了，他一定是把大头针吞进去了。问他，他不说话，一脸惊恐万状的神色，拼命点头。其实吞下根大头针也不至于害了性命，但 J 君吓坏了，不敢走路，生怕一走路就会刺破肠子。我们都没有上过医学院，不懂急救，只能手忙脚乱地扶着他下楼，我推出我的自行车，让他坐在后座上，Z 君在后面扶着他，推起他一路小跑往附近的医院赶。一路上，这个顽皮家伙夸张得有点过火地用手捂着心口与胃部交界的那个部位，嘴里发出哼哼声，好像肠子已经被大头针刺破了，结果我们更紧张了。

我们忙活了大半夜，在医院里拍了片子，证明的确有一根“异物”在他肚子里。医生是一位长相讨喜，一望而知是神医的男子，他果断地说：吃韭菜。第二天，J 君买来一大堆韭菜，也不知他在哪加工。反正第二天晚上，他又蹦跶着来告诉我们，那根针出来了。我们都为他感到高兴。

六

我女儿上保育院后，每天接送她上下课的重任就落到了我的肩上，因为在内地时我一天到晚无所事事，闲着也闲着，不如干点有意义的事。

自行车见证了我女儿的成长。最早，我的自行车前杠上绑一个婴儿椅，女儿小小身子坐在这个圈椅里很安全。没过多久，我就把那个婴儿椅取下来了，让她侧身坐在前杠上。她的两只小手紧紧抓住龙头，非常紧张，我一边骑，一边腾出一只手搅着她。告诉她，你坐在爸爸的车上最安全的。后来她真的很信任我了。再后来，她已经可以像大人一样坐在自行车的后座上了。

自行车使我们父女的感情变得很融洽，她很小的时候，我一抱她她就哭。我现在还保留着我抱着她而她却在大哭的照片。自从我每天接送她上保育院后，她对我就有了依恋。在路上，我教她唱儿歌，还给她讲故事。我给她讲世界各地的地理故事，我告诉她，地球上有个地方叫南极，顺着这条路一直走下去，走很远很远，就能走到南极（去保育院的路是向正南方向）。她回来后马上考我妈：奶奶，你知道南极在哪里吗？我妈说：我怎么知道。我女儿得意地说：我知道，就在去我们保育院的那条路上。

一切似乎该结束了。

有一年冬的一天，天气很冷，天空中飘着雨夹雪。那天送我女儿去保育院，出门的时候，我还动了一下念头，打的士去算了。可是打的士得10块钱。那时我并不富裕，身上一般也就放个20块钱。我咬咬牙，终于还是把自行车推了出来，让我女儿坐在后座上，我用呢大衣把她裹住。我就这样犯下了一个错误。我一蹬车准备翻身上车的时候，突然听到身后我女儿一声惨叫。我吓得差点没翻车。一看，孩子把脚伸进了车轮。我当时真怕把她的脚扭断了，所幸的是我当时用力并不大，保住了她的小脚，她只是受了点皮肉伤，但疼痛是可想而知的。我一把把她抱在怀里，不停地吸着冷气，什么话也说不出。

我们家就在我们单位楼上，正好是上班时间，同事们都纷纷指责我。我女儿却边哭边说：我爸爸不是故意的，是我自己不小心把脚伸进去的。那年，她不到5岁。

我第一个念头是，我该有辆汽车了。

于是，我就调深圳了。女儿到深圳上小学的时候，我已经有汽车了。但我却再也没有机会接送她上学了，因为她的学校就在我们家附近。后来，她学会了骑自行车，近一点的地方都是自己骑自行车去。

现在凤凰牌自行车已经很少看见了，凤凰、永久、飞鸽三大名牌垄断中国自行车的历史一去不复返了，更多更好更漂亮的自行车出现了，尤其在深圳，自行车厂有很多家，美国的、欧洲的、日本的，各种款式的自行车源源不断地生产出来，每年光自行车出口就有好几十亿美元。我也早就不骑自行车了，我女儿骑的一辆是深圳本地产的，我也叫不上名字。但无疑，凤凰牌自行车在我心目中的地位依然存在。

我那辆忠心耿耿跟随了我 12 年的凤凰牌自行车最后留在了老家。我最后一次看见它是在单位的自行车棚里，当时我回去搬家，在那里最后看了它一眼，没有舍得卖了它。它虽然落满了尘埃，但它高大的身躯在周围几部 26 型的小自行车衬托下依旧很骄傲，一点也没有因为我长时间没有亲近它而显得哀怨，它随时都在等待我继续驱驰它去奔走人生艰难的道路。但我残忍地把它留在了那里。

靓车如美妻

一

德国伟大的诗人歌德说：哪个少年不痴情，哪个少女不怀春。我炒一把现饭：哪个男人不爱车。

是啊，车可以给男人带来速度和力量的刺激，它运动时造成的瞬息万变的环境转换，让男人觉得世界每分每秒都是新鲜的。男人如果都像我这样，没胆时不时换换身边的女人，一定会找辆车来满足自己对新鲜刺激事物的追求。

到深圳后，我的财务状况发生了翻天覆地的改观——感谢深圳，感谢深圳所有的拓荒牛们，我开始蠢蠢欲动，到深圳工作后的第二年就开始筹划买一部小汽车。在做了老婆很久的思想工作后，我终于买了一部捷达车。这是一部阿尔卑斯白色的普通型捷达，电喷手动挡。

有人说车是男人的大玩具，其实，我觉得车更像老婆。不是有人放言吗：唯车与老婆恕不外借。男人一旦拥有了汽车，就像娶到了一个美妻，是爱到骨子里去的。

我是一个老派的人，我就是把车当老婆的人。首先，我觉得我的车是世界上最好的车。自从我买了这部普通型的捷达后，捷达就是世界上最好的车了。

什么？宝马？你千万别跟我提宝马，提宝马我跟你急。因为一说宝马我就乐得满地找我的黄牙。我有一个同学，长得像个小少爷，他就最喜欢宝马车。所谓“坐奔驰，开宝马”是也。他是中国最早一批发财的人，搞房地产的，20 世纪 80 年代中期就身家千万。有了钱，他第一件事就是买一辆酒红色的宝马。买了新车，当然要请同学喝酒。有钱人都有些怪癖，他执意不让同学走路或打车到他预定的酒店去，而要由他亲自开着新的酒红色的宝马逐个去接。他来到了我们一个同学住的楼下，用手机通知他下楼。在等那个同学的当口，车门开了，上来了一个妙龄女郎，靓女二话不说，玉手一挥：到 ×× 去。我那个宝马迷同学蒙圈了，他压根不认得此小姐，却被她的气势所震慑，只好嗫嗫嚅嚅地说：我不去那呀。那个靓女眼一瞪——长得漂亮的女人当然有这样的权力，厉声说道：我叫你去你就去！我那个千万富翁同学被镇住了，真的就发动了车子。走了一段路他想想不对头，转过脸来问她：你到底是谁啊？那个靓女这才反应过来：哦，你这车不是的士呀。

我那个同学顿时没了脾气——当年，深圳和珠海的出租车大多是这种颜色，他很快卖掉了酒红色宝马，换了一辆凌志 SUV。

二

可见，捷达是最好的车。你看它的造型，略成鼓形的方方正正的车身，刚劲中不失柔美。再看它的性能，劲力澎湃，机灵得像一只羚羊，当很多车在路口等待绿灯一亮，总是它一马当先，奔腾而去。那个敏捷啊，太令我骄傲了。所以我教我女儿用成语“一往无前”造句，这样指导她：“捷达开动时一往无前——除非前面那辆车还是捷达。”车内的噪声略大了一点，但当你听着发动机“昂昂”地迸发出巨大的能量，带动这只小羚羊飞驰前进的时候，你会觉得听不到这声音还不踏实呢。

捷达最受人爱戴的一点我不得不说，那就是捷达特别皮实。我有一个朋友，他可不是一般的人物，他是个有钱人，就开一辆和我一模一样的捷达。他说：捷达就像一个村姑，劲头大，而且从来不头疼脑热。对此我深有体会。我这部“村姑”跟着我可没少遭罪。首先，我是没有经过专业培训的司机，用这部新车现学的。我的师傅是我一个开了十多年车的同学，他教学很有经验，第四天我就会开了。那天，我得意扬扬地开着车准备去停车，结果一不留神就开上了我们单位大楼边上的台阶。捷达的动力实在太好了，竟然像坦克一样，轰隆轰隆地上了两级台阶。前面的保险杠报销了，花掉了我 700 多块钱。我那个同学看到后，大声叫好。说：出点小事也好，以后就不会出事了。

师傅的话音犹在耳，一个月后，一辆该死的中巴又把我新换的前保险杠给挂掉了。这回是中巴司机赔的。又过了一个月，我已经敢在下班高峰期在深南大道上开车了。一个淫雨霏霏的下午，我驱车慢慢滑行在下班的深南大道上，在等红灯的时候，我发现边上有辆白色的“风度”，开车的是一个秀发披肩的靓女。这时，我车里的 CD 放着孟庭苇好听的歌儿，我发现那个女孩的情态有点像孟庭苇，就忍不住多看了两眼。就在这时，我感觉到车子震动了一下，我的车撞上了前面的一辆“加美”的屁股。我的第三根前保险杠裂开了一个口子，还赔了人家 100 块钱。后来有一次，我严肃地劝导我上级单位一个女同志：我以一个司机的名义郑重希望你以后上街戴上墨镜和口罩。她不解：

深圳的空气不是说很好吗？我说：跟环境保护问题无关，主要是你太漂亮了，会引发交通事故。她笑着用广东话骂我：岐线（神经病的形象说法，意思是脑子里的神经搭错了线）。

三

说了这么多捷达的好处，最妙的还是捷达的内部空间大小适中。自从买了车，我每天就得接送我老婆上下班。小两口坐在车里，不远不近恰到好处。如果车再小一点，两人挨得太近，我们这个年纪上的人就显得太矫情了。而如果车太大了，一个男青年，一个女青年，就像某些公司的董事长带着女秘书，让人觉得不地道。

其实，我也知道捷达不可与那些名车相提并论——我不是那种吃不到葡萄说葡萄酸的人。我之所以认为捷达好，关键是捷达在高速飞驰的时候我“感觉”得到。我到深圳的单位来报到时，我一个大款同学开了一辆奔驰 600 到机场接我。大奔驰飞奔在广深高速公路上，时速 160 迈，我坐在里面居然没感觉。奔驰太稳了，而且据说它的挡风玻璃都是经过特殊处理的，速度再快坐在里面的人也不觉得。名车的特点大多如此。而捷达就不这样。捷达轻巧得恰到好处，速度稍微快一点，路面稍微有点不平，你都能感觉得到。要体验速度，还有比捷达更好的车吗？捷达能够淋漓尽致地把你开车的快感表达出来，就像老夫老妻，喜乐哀怒，彼此都能贴心贴肺地体察。而那些名车就像情人，你高兴，她莫名其妙；你忧伤，她悄悄远离你。名车不让你感觉奔驰的速度和快感，真像情人这般冷漠——我听说情人都是这样的。

四

是的，我喜欢速度的感觉。我并非工作狂，开快车去赶什么了不得的工作，我再忙也没有领导忙啊——据我观察，领导的车也没我的车跑得快。在深圳您只要注意观察一下就能发现，开得最快的，是的士，第二是中巴，第三一定是我的车。诚然，我以前也坐过高速奔驰的车，中巴和的士的速度在深圳是臭名昭著的，但都不如自己掌控油门加速来得刺激。我喜欢在滨海大道、北环、东环，最不济也得在深南大道的西段，飙车。我启动油门，挂上一挡、二挡、三挡、四挡、最后到了高速挡。一汽集团真应该给我发个大奖，是我把他们造的车的功能潜力发掘到极致的。捷达从 0 加速到 100 公里的最快时间，理论数值应该在 10 秒左右，而到了我手上，跟世界上加速最快的意大利保时捷差不多：5 秒左右。然后我就像开自动挡的车一样，一脚油门踩到底，就听得发动机发出“昂昂”的欢叫声，80、100、120……速度一路飙升上去，两侧的白色的虚线成了一条直线，路面像黑色的海浪扑面而来，交臂的车辆“嗖嗖”地掠过。要是有点坡度或路面有点起伏，捷达轻盈的身躯升腾、下沉，像海燕翻飞在波涛中……此刻，难道你的心不会像发动机一般兴奋吗？（交警同志，你别想抓住我，写这篇文章我用的是化名。）

五

自从有了车，我便成了家中最不受欢迎的人。我们家是三个女人管一个男人，就是说，我妈妈、我老婆、我女儿都管我，但就是开快车这点她们谁也管不住我。我妈妈经常唉声叹气，说：你从小骑单车就喜欢快，我不知为你操了多少心。现在你竟然开汽车了！你这种人怎么能开汽车？

我家里的人只有两个人不怕坐我开的车，他们是我的两个弟弟。老三两口子春节从北京来，我到车站去接他。大清早的，滨河路上没车，我一下子就上了100公里。我弟媳有点担心。我三弟神情自若，说：没事，我大哥的车感特别好。我妈知道后把他一顿臭骂。后来，老三也有了自己的车，我打电话到北京去，总会问我妈：老三开车怎么样？我妈阴阳怪气地说，肯定不如你啦，他胆子没你大嘛。

因为开快车，我还和我老婆产生了感情隔膜，每次我老婆坐在我身边，而我这个可怜的老婆从来没有开过好车，她压根就不懂像我这样的德国名车稍微给点油就有强烈的动力，发生巨大的推背感。而这种感觉总使她胆战心惊。每次坐在我的车上，她总要不住声地指挥我：慢点慢点。我斩钉截铁地说：不能慢。然后解释道：开慢了人家会以为我带着情人。我老婆说：胡说，开慢了人家怎么会以为带着情人？我振振有词地说：你想啊，在深圳，哪个男人开车带老婆不是恨不得飞起来跑，好赶紧到达目的地把老婆卸下来。只有带着小情人，才会慢慢开，听着美妙的音乐，欣赏窗外美丽的风光……我老婆急了，嚷嚷道：你就当是带着情人好了！我嗫嗫嚅嚅地说：不行，不行啊，我的名声……

我开着我的普通型捷达，每天穿行在深圳街头，与满街的靓车比肩而行。我的心态始终良好。我想，只要我们珍惜到手的一切，生活就是美好的、令人满足的。

如　厕

一

如厕就是上厕所。这是一个吃力不讨好的题目，但作为人的一种生理需求，这个话题无法回避。上海，够大了吧，够洋气了吧，一线城市，但上海的如厕就是人们一度经常提及的事，上海里弄里的马桶曾经是上海小市民生活的一个写照，上海消灭马桶成为这座国际性大都市进步的一个缩影。新中国成立 45 周年的时候，上海《新民晚报》有一篇文章，题目是“上海被遗忘的词汇”，其中就有马桶这个词。

对，如厕第一章就应该说马桶。

据说马桶的历史可以上溯 3000 年前。3000 年来，马桶的样式从未改变。这是多么神奇的执着啊！在江南一带姑娘出嫁，娘家的陪嫁品里面就有马桶。这样的马桶是豪华型的。我见过老式人家陪嫁来的马桶，是一个呈鼓形的木桶，有环可提，直径 15 厘米，高 50 厘米左右，漆成红色。一直到刚刚过去的 20 世纪 70 年代，不论城里人乡下人，一般人家都没有专门的洗手间，一般都在房间的门角落里放一个马桶，供晚上如厕时用。我在农村见过的马桶一般都是一个尿桶，放在门角落里，第二天直接就可以挑着上菜地去。

就连皇帝老子也不能免俗。紫禁城有房间9999间，唯独没有厕所，皇帝的卧室太和殿里没有卫生间。皇上内急该如何处理？跟民间一样，用马桶。皇帝的马桶内不放水，而是放置一些炭灰。帝后嫔妃排泄后，由太监抬走。大内宫中，人数以千计，数以千计的马桶，每天抬着进进出出，真是一景。正因为此，清末的理想家康有为在他著名的《大同书》里，充满憧憬而又无限神往的这样描绘未来厕所："以机激水，淘荡秽气，花露喷射，花香扑鼻，有图画神仙之迹，令人起观思云，有音乐微妙之音，以令人科平清静。"能把上个厕所都说得如此清新脱俗，也只有康有为这种大才子大学问家才能做到。

康有为幻想的马桶就是今天的抽水马桶。其实康有为时代，西方已经普及了抽水马桶，但中国一直到20世纪六七十年代，城里人很多还用类似于痰盂的如厕工具，可以认为是马桶的升级版。

二

如厕最常见的形式是上厕所。我没有考证，据说中国最迟在秦朝就出现了厕所这个词，不过，早年的中国人思想落后，对厕所没有好感，认为"厕所"是最肮脏、最不吉利的地方，厕所往往和猪圈盖在一起。

实际上也是。

中国农村的厕所太简单了，找块空地，挖个坑、上面架几块木板，然后用砖简单地打一道围墙，甚至找几块木板钉一道隔栏，就是一间厕所。在很多小一点的城市，一度也不乏这样简单的厕所。厕所一般都分男女，蹲坑一般男多女少，但江西上饶地方（据说靠近江西的浙江西部亦然）有些厕所是不分男女的，大家都闷着头蹲在那不吭声，反正在公共厕所里想干点什么也不容易。

我没见过、但听说过的最简陋的厕所是挖一大坑，上面什么都不架，人们就蹲在坑边上，把臀部悬在坑上工作。为了安全起见，在正对面的墙脚上拴一些草绳，人们工作时拽着借力。于是，有些心术不正的人偷偷把草绳从内部割破，外面一点也看不出来，等人上厕所时，一蹲下去，一拽草绳，就断了，那个倒霉蛋就这样扑通一声，仰面落入粪坑。好在农村的粪坑都不深，也淹不死人。

经济不发达的时候，人们的想象力特别发达，害人的想象力也很发达。但主要原因还是农村人在困顿了几千年，在将就中挣扎了几千年，对生活已经失去了寻找舒适和愉悦的兴趣，生理和心理都麻木了，对上厕所这么重要的事也不例外。

在农村，不光是这种拽着草绳如厕的厕所不安全，大部分用木板架在粪坑上的厕所也极不安全，因此，农村人一般都不让自己的小孩子上厕所。在农村，小孩子上厕所是最简单不过的事，小孩就像今天的宠物小狗一样，有随地大小便的特权。在我们老家，不管是人们洗衣服的池塘边也好，村里的路上也好，人家的房前屋后也好，家里的堂屋（江南很多农村的房子是中间是一个大厅，两侧厢房住人。中间的大厅就叫堂屋）也好，穿着开裆裤的他们蹲下去就可以了。拉完了，大人把孩子倒着抱起来，屁股朝外，然后叫一条狗来，让狗把孩子的屁股舔干净。

三

上厕所本来是一件很爽的个人卫生的事，但在农村上厕所，或者在小地方上厕所，却是一件很痛苦的事，一点也没有干那事时的痛快和愉悦的感觉，毫无乐趣可言。

白天上厕所，绿头苍蝇像天上的乌云嗡嗡地围着你乱飞，让你恶心得不行，而晚上，成堆的蚊子像神风敢死队一样，不间断地袭击你的下身，你一边出恭，一边还要挥舞双手，不停地拍打臀部。等你出恭完毕，臀部早已长满了被蚊子叮咬出来的红包，连裤子都穿不上了，好像凭空又胖了一圈，而且还覆盖着一层沾满血迹的黑乎乎的蚊子的尸体，令人毛骨悚然。回到家里，你要做的第一件事就得赶紧清洗，然后涂抹上一瓶风油精或万金油，愁眉苦脸地等待红包褪去。总之，在农村上厕所是一件再可怕不过的经历。

如果您觉得这还算不上什么，我告诉你一个刺激点的。

我小时候住的那个地方，院子前面是一片农田，田野中间建了两间当地农民盖的厕所，主要功用是收集粪肥。我是个男孩子，不愿在家坐痰盂，每天一大早就在那里解决问题。

有一天一大早，我迷迷糊糊地蹲在那正在干那事，突然，我发现前面距我仅半米之遥的墙根，一只癞蛤蟆正在练倒立，两条又粗又丑的腿在空中乱蹬。定睛一看，我吓得真正地屁滚尿流起来。原来，在那墙根有一个小洞，一条蛇躲在洞里，这会张开了大嘴，一口迎面咬住了这只从洞口经过的癞蛤蟆，正一点一点地往下咽，那条蛇的绿眼睛——我感觉——正警惕地盯着我，看我会不会试图去救那只不幸的癞蛤蟆，我敢吗我！我当时除了臀部在做剧烈运动，全身也都在瑟瑟发抖，但又不敢起身逃走，一直等到癞蛤蟆的两条腿也消失在蛇口里，那条蛇才缩进洞内，不知所终。我也不知道是否完成了任务，提起裤子没命地逃走了。

四

抽水马桶的出现是人类的一大伟大进步，它安全、卫生，而且可以舒舒服服地坐着，如果是像我这样的文化人，一边干那事，一边还可以读点书什么的。抽水马桶的出现，甚至改变了中国的一些传统的词汇，现在已经很少听到人们像我这样粗俗地管那地方叫厕所了，而是文雅地说“洗手间”。但在我当小孩子的时候，抽水马桶是资产阶级的生活方式。那时，对待厕所，被荒唐地上升到意识形态领域的高度来认识，你觉得厕所臭还是香，是划分革命与否的一个标志。革命的人，必须认为厕所是香的。于是，抽水马桶在我国很久都没有普及，等到普及的时候，我们已经不习惯了。

我在内地时有一个朋友，C君，是个搞摄影的，他是个真正的可怜虫。开始我没觉得他和其他人有什么不同。1987年夏天，我们一起出差去重庆，住在市中心解放碑的一家叫会仙楼的宾馆。会仙楼是当时重庆比较高档的宾馆，全楼没有一个蹲厕，只有房间里的抽水马桶。这下可苦了C君，他不习惯坐着出恭，坐在那上面他没法干事。而且这个倒霉的家伙还有一个固定的出恭时间，就是晚上10点钟左右，这种时候到外面去找蹲厕是荒唐的。于是一到那个钟点，这位老兄就吃力地把沙发搬进洗手间，放在抽水马桶边，然后一只脚踏在浴缸沿上，一只脚踩在沙发上，以一种极不舒服的姿势，龇牙咧嘴地干那事。在这样的高度上，他排泄出来的污物必然会溅起冲天水花，所以他每次上完厕所，裤子上总有一些地方是湿漉漉的。我们在重庆住了四天，他活活受了四天洋罪。多年后，C君发了财，买了房，进行了五星级装修，我到他家去参观，先不看他的卧室，也不看他的书房，一进门我就趸进了他家的洗手间，看到里面装了一个特大号的抽水马桶，忍不住哈哈大笑起来，搞得陪同我参观的 C 太太莫名其妙。

C 君这样的人家里都装了抽水马桶，标志着社会有了很大的进步。现在，抽水马桶在城市已经普及了，而且越来越高级，我见过的最高级的抽水马桶是深圳某别墅式宾馆，据说是为某大人物建的，主人房卫生间里的抽水马桶是自动的，所谓自动说白了就是不用擦屁股，马桶里会自动喷出一股温度适宜的热水对着那个地方冲洗一番，然后再喷出热风烘干，其功能有点像农村孩子的屁股让狗舔一舔。我当时委婉地向带我们参观的服务员提出试用一下这个智能冲洗臀部的抽水马桶，结果理所当然地受到了婉拒。

这种抽水马桶直到新世纪过了 10 年后才开始普及。据说日本的这种可以洗臀部的抽水马桶是最先进的，于是很多人到日本旅游，一定要带一只或几只日本抽水马桶回来。

五

城市里的公共卫生设施也越来越好，公共厕所却越来越少，公共厕所虽然越来越少，但档次却越来越高，中国几乎所有的城市都意识到了公共厕所的重要性，把它提高到了城市文明档次的高度来认识，提高到招商引资必备的硬件设施的高度来认识，所有的城市都在可劲儿建设“五星级厕所”。这个提法是上海人最早提出的，我 1988 年出差到上海的时候，上海的公共厕所就星级化了，厕所的外形像一座小别墅，外面树枝横斜，花香袭人，通向厕所的道路是用大理石的碎片砌的弯弯的，像林荫小路。厕所里面点着香，香气缭绕，空气中除了有香气，还飘荡着柔美的轻音乐。墙上挂着名人字画和各类不错的书法写的警句，如“来也匆匆，去也冲冲”之类，蹲位是瓷板贴的，水不停地在冲。这就是现代化的厕所啊。

我在上海看到的公厕是20世纪八九十年代的，现在的星级公共厕所已经完全升级换代了，据有关资料介绍，现在的星级公厕，有欧式、江南式、现代式、古典式等，一般都是地上建两层或一层，采用电动和自动冲洗马桶。卫生间内还装有自动喷香机，厕所内所有的冲水器都是红外感应。超星级的卫生间内有休息室，配备彩电、空调、沙发、音响等。男女厕所各有一个洁身器体会室，并分别设置父婴母婴室，以方便带着孩子的大人使用卫生间；每个蹲位都装有服务铃，在如厕时遇到不便可召唤外面的管理人员。最奇妙的是，里面除了可以方便，还可以开餐馆——这不知是哪个高明的设计师设计的，我想象着人们一边用餐，一边看着上厕所的人进进出出，倒贴钱给我我也不会到里面去用餐。

这哪是公共厕所，有钱了屁股顿时也变得娇贵起来，不但再不能像我当年在农村时那样，被蚊子咬得隆起一片大包，矫枉过正，还要听音乐，洒香水。

不过最最豪华的厕所可能要数香港富商林世荣某年建造的黄金厕所。该厕所墙身和配套设施全部镶着纯金和珍珠宝石，地台以天然宝石铺砌。整项工程仅黄金就用了1.2万多两，动用了近200个工程人员，投资超过3800万元，真可谓“金雕玉砌、富丽堂皇”啊。据说，主人意图有两个，一是提醒世人厕所的重要性，因为香港的公厕设施一直不尽如人意；二是嘲笑现代人的拜金态度，林世荣说：“这座黄金厕所是我一生的杰作。把土变成金了不起，把金变成土同样了不起。”

鸟的鄱阳湖

“八月初一雁门开”，到 12 月，丰水期有着 4500 平方公里水面的鄱阳湖成了一望无际的大草原，毛菇草和藜蒿高可没膝。这时的鄱阳湖，当地人叫它草洲，湖有多大，草洲就有多广。在主航道以外的草洲深处，阳光闪耀处，有一条条、一汪汪蓝蓝的看上去彼此隔断的水面。以千平方公里计的草滩泥地和大小湖泊，留下了没有随水而去的鱼虾螺蚌，成了候鸟的天然粮库，天鹅、鹭鸶、白鹤、黑鹤、白鹳、野鸭子就扑拉拉、扑拉拉，从遥远的北方飞临旷阔的鄱阳湖。

“鄱湖鸟，知多少？飞时遮尽云和日，落时不见湖边草。”

到鄱阳湖看候鸟，最佳的地点是一个叫吴城的地方。

吴城是一个有历史有故事的地方。古书上说：吴城，汉海昏仓廒所也。仓廒者，米粮仓啊。吴城这地方，汉朝时候是海昏县在湖中的一个高地，当地人叫它吴城山。唐代，海昏县沉到了湖底，而吴城山却兴旺起来了。这种事只有在大湖中才会发生，沧海桑田，就几百年间的事。所谓沉掉海昏县，立起吴城镇。唐以后，中原与南方最重要的大通道是长江—鄱阳湖—赣江—梅关一线，这条交通线的运输量和过客量在宋代达到了高峰。吴城位于赣江主航道与鄱阳湖的咽喉处，枕江卧湖，江西地方的茶叶、木材、瓷器基本都是从这里运转出去。到了清嘉庆年间，吴城有人口 10 万，镇内九垅十八巷，六坊八码头，两湖、江浙等省客商设会馆 48 座，镇内 2.6 平方公里范围，有大小商铺 1000 多家。当时有民谣，单表吴城的富足：嘉庆到道光，家家喝蜜糖。那时的吴城码头上，帆樯成林，木排蔽江，草包麻袋堆山堆海；镇内上街、下街、豆豉街、万寿宫街，会馆比连、摊铺杂陈、酒旗当风。吴城就像是一个万国杂处的世界，操着苏浙鄂皖粤和北方口音的商人伙计、跑船的、唱戏的，摩肩接踵。抗日战争期间，作为第三战区的重要的战略物资中转基地，1939 年，正月初八，日军对吴城开始了连续三天的狂轰滥炸，吴城顿成一片焦土。很长一段时间，驾船穿州过府的老大们在这里找不到落脚点，人们一度再不提吴城。

20 多年前我初到吴城，还可以看见一些破败不堪的大院，典型的江南民居型制。院墙甚高，砖缝里长出了野草，在寒风中瑟瑟发抖。一些破烂的废墟上，房基是巨大的条石，可以想见当初巨大的建构。听说这些老建筑已经修复，成了网红打卡地。

1979 年，鄱阳湖发现白鹤，江西省建立了候鸟保护区，1988 年经国务院批准晋升为国家级自然保护区“江西鄱阳湖国家级自然保护区”，保护区以吴城镇为中心，跨星子县、新建县，辖大汊湖、大湖池、中湖池、少湖、朱市湖、常湖池、象湖、蚌湖、梅西湖等九个湖泊、草滩，总面积达 2 万多公顷。

现在，每年有 30 多万只、100 多种候鸟在鄱阳湖越冬，其中不乏珍贵、濒危的白鹳、黑鹳、白鹤、大鸨等国家 I 级保护动物；斑嘴鹈鹕、白琵鹭、小天鹅、白额雁、黑冠鹃隼、鸢、黑翅鸢、乌雕、凤头鹰、苍鹰、雀鹰、白尾鹞、草原鹞、白头鹞、游隼、红脚隼、燕隼、灰背隼、灰鹤、花田鸡、小杓鹬、小鸦鹃、蓝翅八色鸫等国家 II 级保护动物。鄱阳湖之大超出了我们的想象，几十万只鸟儿，在大湖中没有想象中的壮观，何况这些小精灵极其机敏，但凡有一点人影，便躲得远远的。而最为珍贵的白鹤当年只有3000多羽、白枕鹤有5000多羽，常人很难看到。但即便如此，那时时掠过天地羽毛的影子，也能让人充分感觉到生命的欢欣。

白天，我坐在吴城山观鸟台上，眼前是无遮无拦的草洲，还有闪着银光的湖汊，时不时，大雁和野鸭子们就会突然从草丛中“突突”地飞起，又“巴拉拉”地落下，铺天盖地。在很远的、常人难以接近的湖汊，小白鹭三三两两，悠闲地飞着，翅膀在阳光下闪着银光，长风送来它们的嘶鸣声声。入夜，躺在招待所，万籁俱静，没有鸟叫好像也没有虫鸣，偶尔，也会有大雁睡梦中发出“咕咕”梦呓，都格外清晰和响亮。

摄影家大刘摇醒了我。这是凌晨两点多钟，大刘联系了一个渔民，他有一条船就停在吴城保护区东北很远的草洲上，我们将在那条船上埋伏，单等天一亮——大刘比画着手中长焦，作了一个拍摄的手势，“可以拍到白鹤、天鹅。”

我们裹上羽绒衣出了门。大刘说的渔民，老彭，笑嘻嘻地等在门口。我们顺着一条巡查人员和渔民踩出来的弯弯曲曲的小路，往东北方向深一脚浅一脚地走去。约莫走了一个多钟头，我们在星光下看见了一个黑黝黝的东西，那是老彭的船。老彭把我们领进船舱，在竹棚下猫了起来。大刘架好家伙，我则东张西望，可是什么也看不见。

我摸摸索索掏出香烟，刚想点，老彭一把挡住，用很小的声音说：“吃不得，天鹅鼻子很灵，一点味道都闻得到。”说着，老彭很熟练地拖过来一床发臭的被子，盖在我们三个人身上。

老彭是渔民，冬天打不到鱼了就去打鸟，为了打到天鹅，他就这样猫在船上等过。后来我问他：你现在还打鸟吗。他有点着急似的摇摇头，说：嘿，打不得，打鸟要犯法咯，饿死都不能打。他说，以前鄱阳湖上打鸟的规模很大，晚上在草滩里埋伏下五六十管鸟铳，全装的是铁珠霰弹。天刚放亮，候鸟成群地从草丛中飞起，顿时，枪声大作。硝烟散去，草滩上铺上厚厚的一层候鸟，随随便便就有七八百只。到了20世纪70年代以后，到鄱阳湖过冬的候鸟急剧减少，珍稀候鸟如白鹤、白额雁基本绝迹，一直到20世纪80年代初才重新露面。成立保护区后，政府收缴了渔民的鸟铳，严惩打鸟行为，很少听到打鸟的事情了。

天开始蒙蒙亮了，草丛里传来咕咕咕的鸟鸣声。我们都不敢说话，甚至连呼吸声都调小了。

突然，从草丛中“突”的一声，一只又大又黑的家伙扑棱着翅膀向天空飞去，接着，一大群黑黑的飞禽从草丛中飞出。大刘一个劲按着快门。老彭笑了：是雁。

天亮了，大刘紧张地把整张脸都贴在照相机上，长焦来回逡巡。看见了。他说，好像不是天鹅，应该是鹤。我急得要命，大刘说的地方应该很远，因为在我的视线里看不见鹤。等他拍了几张，我不由分说抢过他的长焦，望了起来。这时我才看见，在离我们几公里外的一个湖泊边，有十几只不知道什么鹤，在悠闲地轻巧地散步。大刘开心地说，等它们飞起来，可漂亮了。可能鹤真的飞起来了，他又按了好几下快门。

又猫了两三个钟头，我们离了船，走上了草洲，草洲上空旷极了，我抓起一团土块，向草滩深处掷去，想惊飞一些什么珍稀鸟类，但没有。我们就这样在鄱阳湖深处晃荡了大半天。返程的时候，大刘为没近距离拍到珍稀候鸟一路怨天恨地，我则挺开心，没有看见那些珍贵的鸟儿，但我知道它们都在那，好好的，这就够了。

天堂里没有水污染

看了电视我才知道，我的头发原来这么重要，相貌堂堂的我之所以失去女同事们的青睐，原来是上面有一点点头皮屑。

洗头！一个伟大的决定诞生了。

我飞也似的来到一家洗头屋。现在洗头真是舒服，我不用弓着腰，让人按着头，以极不舒服的姿势来完成这个过程，而是仰面躺在一张皮椅子上，让温热的清水像泉流一样穿过我的发梢。这种姿势即便我坚持一年也没有关系。我就这样让清水冲洗着，一直花了洗头屋一吨多水把我的头发清洗得比任何时候都干净。我以为这就可以了，谁知这才刚开始，洗头妹往我早就洗干净了的头上挤上半瓶洗发水，不停地搓揉、抓搔我的头皮。洗头成了一种真正享受头部按摩的过程。一个钟头以后，我再次仰面躺下，洗头妹又放了一吨多清水，把我头上的半瓶洗发水冲洗得干干净净。真爽，我拷，我要洗头。

更妙的是，现在就是纯粹的理发也没有了，理发前也要洗头，洗掉了两吨水以后，把头发洗得干干净净，最后理发师却毫不留情地把这些干净柔顺得像丝一样的头发理掉，搞得我有点可惜，倒不是为那一吨水，而是为洗头妹花了那么大的力气把它们洗干净了。

于是，我坚持每天都去洗头，每天都要消耗两吨水来对付那看上去微不足道但直接影响我形象的头皮屑，女同事们对我整洁柔软的头发赞不绝口，有人甚至蠢蠢欲动地想摸一摸。她们学着电视里的广告词这样说道：“某人来上班了，咦，头发可没这么漂亮。哦，原来他用的某某牌洗发水。”又说：“他护发的秘密很快就传遍了单位，原来，他用的是某某牌洗发水，而且每天坚持使用。某某牌洗发水，给了他自信。”

我当然也的确是找到了电视中的模特一般的自信，享受到了幸福的人生。

但是且慢，不出半月，我发现我的头发在一绺一绺地脱落，我的头发非但没有了乌黑闪亮的光泽，相反还变得枯槁如深秋之草，更要命的是天灵盖上已经露出了洗得发白的头皮。医生告诉我，是化学物质制造的洗发水的污染。现在，每天有几十万个青春亮丽的少女在全国各地的电视上面，搔首弄姿地甩着她们油黑的假发，以证明几十万种洗发水洗发护发的作用，而实际上世界上因为洗发水污染造成的秃子比历史上任何时期都多得多。他还告诉我一个秘密，本城一位著名的头发广告模特一夜之间头发掉个精光，害得为她的头发保险的那家保险公司破产了，好几百人成了下岗职工。

我百思不得其解，当今科技这么发达，研究出这么好（请听电视里的宣传）的洗发护发乳，怎么会还不如当年的肥皂。想我当年只有在理发的时候，理发师才按住我的脑袋，用水淋淋，用肥皂搓搓就完事了，但那时我满头秀发反而乌黑油亮，而且坚实无比，即便是日本帝国主义的宪兵队里力气最大的刽子手，也别想拔下我一根头发。

不管怎么说，我不敢再洗头了，我应该另辟蹊径。

于是我开上我的车——顺便说一下，我是有车一族。我的车不算高级，但我对它的爱护一点也不比对待奔驰宝马差。只要沾上了一点灰尘，我就马上开到洗车场，让洗车仔放开水龙头冲洗，加大量泡沫擦拭，然后再冲洗。我的车每天都保持一尘不染，可以随时用来接待美国总统。夏天，车在太阳底下暴晒，里面热得像火中笼屉。但这难不倒我，我绝不会像别人一样，打开窗户透气，等车慢慢变凉。不，我绝不会这么老土，我会提来两大桶水往车顶上一浇，青烟冒起，我的车里变得像深海中的潜水艇一样清凉。

我开着潜水艇——不，车，直接就冲进了一家桑拿房，站在水龙头下，让哗哗奔流的温水滋润我的头发，滋润我的全身，用一大把沐浴液涂满全身。然后，我再跳进一个巨大无比的浴池，泡得浑身通红。再然后，我又进入蒸汽室，用湿毛巾捂着嘴，蒸得全身冒汗。最后，我再次来到水龙头底下，用清水和洗澡液仔细清洗。当我站在镜子前的时候，我看到了一个精神抖擞的年轻人，皮肤白里透红，而且胀得几乎透明，里面蓝色的血管清晰可见，美不胜收。我发现原来桑拿比洗头还爽，不仅头发干净了，而且皮肤也变好了。

但是我高兴得太早了，没过多久，我的皮肤就黯黑无光，粗糙多纹，而且和我的实际年龄极不相称地松弛下来，总之就像画上恐龙的皮肤。我成了女同事们背后议论的对象，大家都用同情的眼神偷偷地看我，而且都像躲传染病人一样躲着我。我郁闷至极，不自杀不足以解愁。我来到我们单位边上的小河边。这里当年清流滚滚，鱼虾游戏，岸边花草繁茂，蜂飞蝶舞，一片生机。现在河水浅得还没不过我的脚背，而且流淌的全是我的洗头水和洗澡水，臭气熏天的水面还漂着我的一绺头发。一只小鸟从河的上空飞过，结果它飞得实在太低了，在一百米的低空被熏得昏迷过去，摔死在黑石嶙嶙的岸边。

我只好来到本市赖以生存的水库，没想到水库也因为我超常规的用水干涸见底了，那根连接着几百公里外的山区河流的输水管道送来的河水根本入不敷出。有好几百个未来的司机在广阔的水库底练车技，在本城，你再也找不到第二个这么开阔平坦的地方了。

终于下雨了，一场豪雨骤至，据说水库马上蓄满了甘霖。我乐而忘忧，马上毫不犹豫地打开水龙头，烧了一瓶开水，泡了一壶靓茶，边喝边盘算着上哪去桑拿，应该怎样洗我的车。

我刚喝了几天本市的雨水，就得了一种怪病，头发掉光，骨瘦如柴。我住进了本市最大的医院，病房人满为患，只好打了通铺，像北方的大车店，里面躺着的全是我的洗头泡桑拿时结交的好友，病症和我一模一样。医生说那场大雨其实是酸雨，任水厂用多少明矾等药物也无法稀释其中的有害物质，我们就是喝了这种水才得这种不可救药的怪病。

我吓得不敢再喝水。最后，我的嘴唇干裂起皮，像咸鱼身上的鳞片。我老婆变卖了所有的首饰，计一个镀金的戒指，一对镀金的耳环，一副镀金的手镯，从喜马拉雅山上买来一瓶千年纯水。但我对水已经产生了生理上的过敏，任我老婆花言巧语，把这种来自喜马拉雅山的水说得多好，我也不敢喝。

最后，我死了，不是死于怪病——这种病还不至于那么快要我的命——我是死于干渴。

我的追悼会开得庄严肃穆而且隆重，因为我是对本城贡献最大的人之一，不单我们单位的男女同事来了，他们身上全都散发着恶臭，因为知道我因洗澡得病后，他们就再没洗过澡。自来水公司也派出高层领导作为代表，此公不愧是自来水公司的人，眼泪就像坏了龙头的自来水，在整个追悼会期间，哗哗地不停地流。我知道他的伤心绝对真诚，因为他们公司失去了我这样一个用水大户，效益大不如前，全体员工的年终奖将被扣除60%。我们单位的一把手亲自撰写了悼词，他是一个了不起的文学家，于是我的悼词里就充满了恰如其分的溢美之词和动人的诗意。我在天之灵亲耳听到：“由于此人异乎寻常的超常规用水，间接为国家缴纳了大量的税收。因为有了他的纳税，才有了本市的辉煌。安息吧，天堂里没有水污染。”

最后，我的遗体运往火葬场，我急得大叫一声：灵车没洗！

我从噩梦中醒来，浑身汗湿。

脚太软足球俱乐部

深圳有一支很特别的足球队，乍一看他们的队名挺高大上的：“JTR”，队长郭燕冬说起这个名字声调有点不好意思地低了八度，“其实就是汉语拼音缩写，我们叫‘脚太软足球俱乐部’。”不过郭队长很快又牛哄哄起来：“你别看这名不咋样，绝对正规啊！不信你看看我们集训。”于是我就去了。

那是个星期六的下午，35岁的郭燕冬果然换上了黑色基调的足球装，架一副墨镜，挺酷的样子。他把棕熊一样浑圆的身体稳稳地放在椅子上，开始给我吹：脚太软足球俱乐部入会条件很苛刻，年龄必须30岁以上，体重必须75公斤以上，腰围必须36英寸以上，酒量必须半公斤以上（不过他很快承认他现在的队员中很多人喝了七八两就得扶着墙走，再喝下去可就墙走他不走了）。

JTR资格当然不光是这些，目前的25名成员中，全部具有大学学历，一半以上是硕士，而且都在各自的行业有所成就，有的已是千万富翁。当然，他们都有老婆孩子。

1997年夏天的一个中午，上步工业区几名年轻的企业经理在一块喝酒，这里面有后来成为JTR“终身名誉主席”的孟庆森。当时他们几个都正在读中国人民大学在职研究生班，而且都喜欢足球。男人嘛，吃吃喝喝中，话题自然就扯到了中国足球。那次不知中国队又败给谁了，反正不过是中国队一场正常的失败。大家一番唉声叹气后，大家决定：中国队没戏了，只有我们去取而代之！

说干就干，孟庆森、冯洁、胡湘辉、刘远等六七个人找了地方开踢。就是这次“处女踢”，使他们宗旨发生了一点小小的变化，狂妄的“取而代之”论弱化为“先练好爹，再练好儿”。

孟庆森之流在大学时都踢过球，很快找到了感觉。第二个星期，他们就近找到了桑达股份公司的足球队，向桑达队叫板。桑达是深圳最大的电子企业之一，有好几千员工，踢球的猛人不少，随时都可以拉出一支参加全市的足球比赛。现在的JTR队长郭燕冬当时就在桑达队，打孟庆森等人这拨乌合之众显然绰绰有余。那场球是动真格的，大伙跑动非常积极，孟庆森那伙人差不多每过5分钟就要倒下一个——累趴下的。据郭燕冬回忆，孟庆森是第一个倒下的。

这场比赛下来，大家都成了朋友。互相看看，都想笑，这是一伙什么样的运动员呀，个个膘肥体胖，肚腩凸起。这些每天出入写字楼，小轿车代步的年轻人都觉得该干点什么了。孟庆森说：在深圳什么都不会被忽视，反而是自己的身体容易被忽视。

怎么办？这伙提前发福、一跑就觉得脚软的小伙子就在这次比赛后决定成立“脚太软足球俱乐部”，代号“JTR”。孟庆森帮和桑达队的部分成员“同流合污”了，孟庆森被选为足球队队长。

JTR买了队服，全套足球队员的行头武装起来，然后便穷兵黩武，四处挑衅，专找人家单位的球队踢。那段时间，每个星期六固定要找一家球队踢球。他们中的一个队员说：就差没跟平安队踢了。他们每周六聚集的时间也就是这样固定下来的。

刚开始，他们的运气可不咋样。上半场，他们一定不会赢，下半场肯定输。体力不行。好在他们死猪不怕开水烫，愈挫愈奋。输了球，AA 制喝一把啤酒就没事了。最奇葩的一次是在蛇口，好像是和著名的集装箱制造厂厂队打，哪有赢面啊！输了球，20 多条汉子在大排档边拼命灌啤酒，边喝边齐声歌唱《团结就是力量》《国际歌》，结果把巡警招来了。

就是这样一支脚太软的臭队，居然还有人是“走后门”进来的。开酒店的郑辉有一次体检，医生说他腰上长了个什么。他当时脸就吓白了：而立之年，刚买了奔驰车，好日子才开头哪。后来虽然证实是虚惊一场，但郑辉还是赶紧买了个足球，先是在住宅区自己对着墙踢着玩。后来，他听说了 JTR，连忙找关系凑了进去。现在，身高体胖，肚腩肥硕的郑辉已经是 JTR 的主力队员了。

胡湘涛是 JTR 创始人之一的胡湘辉的弟弟，不用说，他是走他哥的后门进来的，因为他从来没有踢过球，唯一的“有利条件”就是体重将近 100 公斤。当时队员们说：“这种人只能守门了。”他就高高兴兴地守门去了。其他人窃喜，因为大家都希望多跑动，被派去守门其实是受罚，现在有这样一个二缺心甘情愿守门，谁不欢迎呀。谁料胡湘涛竟有守门天赋，守门守出了专业水平。今年球队破例“集资”为他买了一套守门员的行头，以示鼓励。

在 JTR，踢得越不好越受尊重，太好还不行。JTR 曾有一个队员技术没说的，可就是太喜欢自我表现了，一拿球就左盘右带，其他人别想沾。后来他发现自己并不受欢迎，就离开了。

当然，也有人是自己找上门来的，脚太软队的技术总监老吴就是这样一个人。

吴树文是队里的大哥，入队的那年已经 49 岁了。一度，JTR 的训练场在老吴公司楼下。老吴经常看到这伙人在一起踢球，脚发痒了，终于走下楼来，和他们一块踢了一场，就入队了。老吴在JTR受到了特殊的尊重，他从1997年底加入JTR后，不论训练还是比赛，没落下过一场球。1999年，老吴到上海去投资，常驻上海，但是每个周末，他都要从上海飞回深圳，跟弟兄们踢完球，才飞回上海处理公司的业务。更难能可贵的，老吴一点也不像年过半百的人，一上场他就积极跑动，比年轻人的体力还强。因此，老吴被大伙选为JTR技术委员会总监。排兵布阵，大伙都听他的。老吴说：踢球锻炼身体当然是主要的。但我们在一起踢了这么几年下来，感觉最重要的是生活的品位。在深圳，最好的朋友也难得一个星期见一次面，而我们从素不相识到现在每周见面，成了最好的朋友。我们在一起非常放松。

屡战屡败后，JTR吸取了教训，他们制定了“三比一”发展战略，即集训三次，比赛一次。

这时，发起人孟庆森工作变动，组织人员不像以前那么方便，郭燕冬就当上了队长。郭燕冬说，我们中间有老板、有经理、有国家公务员、甚至有警察，但不管是谁，要是不来训练或比赛，都得向俱乐部说明情况。我们貌似松散，实际上很紧密。

JTR的训练风雨无阻，有时到了疯狂的地步。1999年的9907、9908号台风均赶在他们的训练时间，当时，没有任何人要求取消训练，JTR的肥佬们只好冒着狂风暴雨来到了罗芳中学训练场。大家把行李放在学校的走廊里，穿上印有JTR标志的运动服就上了场。风雨中，球一踢起来就在空中乱飞，队员们一只手挡在额头，减弱雨水对眼睛的冲刷，跟着球瞎跑。上场的人一身雨水，在场下看的人也不准穿雨衣。那天，队长郭燕冬当上了守门员，孟庆森一个盘带，把球带到了禁区内，一脚劲射……

奇迹发生了!

以前，棕熊身材的郭燕冬只能挥挥两只粗手，像赶鸭子似的将球赶走。这回，球在风中飞得很高，眼看就要从左上角飞进来。只见郭燕冬脚下一滑，身体向左侧过，他顺势一个漂亮的腾跃飞了过去，挥手一挡，将球狠狠地扑了出去。“哇……”水中球场响起了队员们绝对难得的由衷赞美。

“那回，我找到了守门员的感觉。”郭燕冬说。

JTR 现在依然到处挑衅，找人对练。这支过去每 5 分钟倒下一个队员的球队，现在居然“见谁灭谁”，当然深圳平安队除外。JTR 的队员在向我吹嘘时，队长郭燕冬谦虚地说：我们是有一定实力的，现在，我们的队员提出一个口号，叫作：酒瓶不倒我不倒，都能踢下全场。而且，赢的多输的少。输了我们喝一通酒，赢了，大家一高兴回家了，没酒喝。有时老是赢球，队员们还有意见：为什么不输球啊!

JTR 最引为自豪、至今津津乐道的一场球，是与公安系统的一支全部由前专业队员组成的球队打。那天，那些专业队员们一见这些脑满肠肥的对手，都有些怜悯地说：“打他们个 10 比 0 就行了，给他们一点面子吧。”谁知专业队一不小心，竟被灌了 3 个球进去，3 比 0 竟维持到下半场。当然下半场专业队又灌了 JTR 6 个球。这场球，JTR 虽以 3 比 6 的大比分落后，但他们的进步由此可见一斑。赛后，JTR 高兴地唱起了他们的“队歌”：我总是脚太软，脚太软……

宠物小狗

Z 女士是我的一个朋友。我认识 Z 女士的时候，她 35 岁，相貌其实很不错，已离异多年。这个年纪在深圳是很难再婚的，因为深圳的男女比例是 1 比 7，所以把男人都惯坏了，40 岁左右的男士都想找一个 20 岁左右的女孩，也不管日后能不能生活下去。Z 女士寂寞难挨，每天下班后只好待在网上。那时，她所在的公司正在强化高级员工的英语水平，从台湾聘来教师给他们上英文课。Z 女士业余时间也就经常上外国的网站，一天，她找到了英国的一个聊天网，就进去了，后来，在这个网站上认识了安迪——一个在英国外交系统工作的职员，犹太裔的英国人，40 岁左右吧。聊得热火，她居然就嫁给了他。2004 年过完春节，Z 女士就到英国去了，到英国后就用她的英国名字：黛芙妮。

7 月份，我到英国出差，在伦敦的时候我住在温布力区，距住在 MILL HILL 区的黛芙妮家很近，黛芙妮就拉着她老公安迪来看我。老朋友见面自然少不了问一问在英国生活得怎么样。黛芙妮开心地说：好啊，我有一条小狗。

黛芙妮到英国后的第三天，男友安迪就决定给她买条狗，这样安迪上班后，黛芙妮就有一个活物陪着了。

黛芙妮没想到在英国买条狗会有这样麻烦。伦敦 MILL HILL 区的宠物店老板是一个英籍俄国老太太，老太太不像卖狗的，倒像卖人的。她一听说安迪要买一条宠物狗，脸上一副不爱搭理的神情，冷冷地问了一连串的问题，像什么家里有没有狗舍，卫生环境怎么样，末了问道：你们家有没有人带狗出去散步。当听说安迪每天都要上班，家里只有黛芙妮一个人时，老太太连连摇头：不行不行，没有人照料狗怎么行？安迪急了：可是有黛芙妮呀。老太太说：黛芙妮不行，她是外国人，不懂带狗出去。安迪说：黛芙妮喜欢跑步，她每天可以带着狗跑步。老太太脸上这才放晴，说：好吧，明天到你家看看。

回到家里，安迪连忙拉上黛芙妮，还有他的儿子，一起清理院子。剪草、清理垃圾，清洗花园的小路，连一块小石头都要捡干净，免得硌伤了小狗。第二天，老太太如期而至，在院子里和屋里转悠了有大半个钟头，还仔细检查了安迪为未来的狗儿买的装狗食的柜子，里面堆满了狗食。老太太终于满意地点点头：嗯，你家的环境不错，可以卖狗给你了。安迪高兴得像孩子一样，当天下午就开着他的本田吉普，载着黛芙妮，到宠物店把狗买回来了，花了两百英镑（当时约合人民币 3000 元）。

这是一条三个月大的小黑狗，体态修长，四只脚又细又长，就像英国人，格外灵活。它有两只像婴儿一样的、圆溜溜的、看上去格外单纯的黑眼睛，肚子上有一些白色的花点。安迪给它取了个名字叫“凯比”。

凯比本来是安迪买来陪黛芙妮的，谁知进了家门，安迪关心它比关心黛芙妮还多点。凯比非常顽皮，屋里屋外乱跑，一刻也不停歇。每天一大早，安迪去上班，黛芙妮去上英文课，把它关在屋里。中午，黛芙妮下课一回到家，凯比就扑了过来，扯着她的裤子就往外拉她，黛芙妮还来不及吃午饭，就不得不带着它到外面去跑步。这是小凯比最高兴的时刻，它撒开四腿一眨眼就跑得不知去向。第一天，黛芙妮以为它跑丢了，赶紧给安迪打电话。安迪竟然放下工作，开着车就赶回了家，不过等他到家，小狗也跑回来了。安迪一边擦着满头的大汗，一边叮嘱黛芙妮：以后带它出去一定要走人行道，不能让它跑到公路上去，狗在公路上给车撞了，是不用赔的，相反如果把人家的车撞坏了，还要赔人家的车。黛芙妮说：你可以不说这狗是你的呀。安迪是英国的犹太人，算是英国人里面的聪明人，可他对耍小滑头这类事还是一窍不通，他说：我怎么可以骗人？

黛芙妮以后就变得很小心，终于把小狗训练得只在人行道上和绿化地里跑了。

每天，黛芙妮都和小狗一起吃中午饭。黛芙妮见小狗吃的狗食太干了，就把吃剩的汤拌在狗食里喂它，没想到几天后，凯比觉得这种食物比一般的袋装狗食好吃多了。到了晚上，安迪回家亲自喂狗，但他却不懂要用汤拌狗食。凯比说什么也不吃。安迪急得大叫：黛芙妮，凯比为什么不吃东西了，是不是病了。黛芙妮出来给狗食拌上了汤，凯比又欢快地吃了起来。安迪看呆了，他指着正在吃这“中国式”狗食的凯比，说：这是怎么回事？你平时就是这样喂的吗？黛芙妮说：是啊，这样好吃啊。你不觉得狗食太干了吗。安迪一边看凯比津津有味地吃狗食，一边连连点头：以后就这样喂它。不过不能用我们吃剩的汤，这样对它不公平，它有权要求吃新鲜的汤。

转眼到了伦敦的六月，安迪的邻居到国外旅游去了，隔壁的院子变得空空荡荡。这时，这个空下来的花园和安迪家来了一个不速之客：一只大黑猫。

大黑猫是邻居的邻居家的，它比凯比年纪要大，见识比凯比多，胆子也就大得多。每天下午，凯比到院子里放风的时候，这只不知名（也许凯比知道它的名字）的大黑猫一连跳过两个院子，跳进安迪家的花园里，来找凯比玩。黛芙妮在房间里看书，偶尔伸出头来，看看安迪的宝贝，一狗一猫在花园里互相追逐，玩得好不热闹。谁知好景不长，大黑猫竟然教凯比学坏了。它爬上安迪家的樱桃树，噌地一下，就跳到了隔壁家的花园里，然后在那边喵喵地召唤凯比过去。凯比不会爬树，只会在花园里原地弹跳，想跳过去，可是对它来说，栅栏太高了，它试了好几次都没成功。急得在栅栏下团团转，一个劲地汪汪直叫唤。大黑猫又跳回来了。后来，不知大黑猫使了什么坏招，居然教会了凯比爬树。等黛芙妮发现时，凯比已经会跟着大黑猫爬上樱桃树，跳到隔壁的院子里去了。

晚上，安迪回家，黛芙妮喜滋滋地把凯比的新技能告诉了安迪，安迪吓了一跳，饭也不吃，就把凯比抱了起来，把凯比的四条腿检查了又检查，就差没上放大镜了。最后他严肃地说：怎么可以这样，它会摔断腿的。第二天，安迪班也不上，不知从哪买了一大堆木板，抄起家伙就开始加高栅栏。他把花园里的三面栅栏都加高了，尤其是通向邻居的那面。他干这活的时候，凯比就在他身边，傻乎乎地跟着他，看着他忙上忙下。它还不知道，从此它再也不能和大黑猫玩了（一个月后，邻居回来时，安迪还专门到隔壁家，就加高栅栏一事，向对方作了专题解释）。

又一天，下午，黛芙妮正在温习功课，突然，卖狗的老太太不请自到。她径直就闯了进来，如果是别人，这是很不礼貌的，但她是凯比的娘家人，她似乎有这个权力。凯比和她分别已经三个月了，但还认得她，乖乖地就让老太太抱了起来。老太太还是那样脸色阴沉，她一声不吭地给凯比过了磅，又仔细端详凯比的脸。看了半天，老太太脸上终于阴转晴天，她开心得像一个孩子，对一直小心翼翼，不知所措地跟在身后的黛芙妮说：凯比在你们家生活得很好，你看它脸上的表情很开心，说明它没有受到你们的虐待。它的体重没有减少，也没有增加，说明它吃得很正常，而且有适当的运动。老太太带着心满意足的笑容走了。

晚上，黛芙妮把老太太来检查的情况对安迪说了。安迪听了结果高兴得像个孩子。连声说。好好。过了会，安迪又认真地提醒黛芙妮：我们还要小心，她还会来检查的。尤其要注意凯比的心情，如果她发现凯比在我们家生活得不开心——她会从凯比的脸上看出来，她就会把凯比带走。黛芙妮不解地说：她为什么可以带走，这是我们的凯比呀？安迪说：如果是我们的凯比它就会很开心，如果它不开心就不是我们的凯比。

遇见雷雨

周鸣是上海人。那里的白领一族是很少有人会想甚至不屑于移民到深圳来的。但是周鸣来了深圳。

周鸣是一个长相娇憨的漂亮女孩，美中不足就是顽皮。她顽皮得最过火的一次就是在报上看到一则征婚启事，征婚的男士把自己吹得貌比潘安，富可敌国而且“爱好文学”。周鸣于是给他写了一封信，约他到外滩见面。到了见面的那一天，周鸣和女友站在远处，看着那个手里拿着玫瑰花的钻石王老五左顾右盼，急得一头大汗，两人笑了一通，扬长而去。

周妈妈很快知道了这件事——女儿又有什么事瞒得过妈妈呢。就想起了自己的一个学生，叫王雷的。王雷徒有其名，他其实是一个文文静静、面色苍白的青年，言语不多，绝顶聪明。周妈妈觉得这种人对周鸣最安全。

王雷果然很快被周鸣滚烫的性格所感染，很快就爱上了她。王雷当时正读研究生，年龄也比周鸣小。两人一路谈下去，不知不觉三年过去了。随着时间的推移，周鸣隐隐约约有点感觉，王雷对她的感情有点说不出的怠慢，那是一种说也说不清的感觉。女孩子家对这一点是很敏感的。

王雷读完了硕士，就出国到新西兰去了。临走前，两人结婚。

王雷走后两年，如约将周鸣也办去了新西兰。周鸣到新西兰没多久，王雷就提出要离婚。王雷告诉她：在国内时他就想到了不能跟她结婚，他们的性格久了会合不来。但跟她处朋友处了这么久，他有义务要跟她结婚，把她办到发达国家来，否则她就太没面子了。他说完还给了周鸣一笔钱。王雷真是典型的上海人，讲契约，讲面子，很实际。

周鸣并没有像书里写的那样将钱掷还给王雷，她默默地收下了。后来，她在王雷为她租的屋子里呆坐了几天。她想，她还有必要再在这个地方待下去吗？这个吞噬了她爱情和亲情的地方。就决定回国。上海这时已是深秋，街道上落满了黄黄的梧桐叶。周鸣想还是不回那个伤心的故乡好。就这样来到了阳光明媚的深圳。

在深圳红男绿女中，上海高级知识分子家庭出身的周鸣特有的高贵气质使她自己都感觉得到优雅得超凡脱俗，特别是有着那样一段漂洋过海的死去活来，她更是像换了一个人。

周鸣很快在一家地产公司找到了一份月薪很高的工作——像她这样的女人在深圳是很容易找到工作的。她的新同事里，有一个叫王雨的小伙子。王雨也是徒有其名，他其实是一条北方的狼（他自我介绍时说的），是一个开朗得出奇的人。在欢迎周鸣加盟的酒会上，周鸣听说王雨是公司里做得最出色的业务经理，就很虔诚的端起酒杯敬王雨一杯。王雨笑着说：你要小心，我已经快要醉了，我到时会把账全算在你头上，认为是你把我灌醉的，天天找你喝酒，拼个你死我活。

她的前夫王雷从来没有这种风格的语言，周鸣不觉笑了。回国后，她第一次爆发出少女时代的那种傻乎乎的笑。王雨又说：你知道吗？

你最大的特点就是你不像深圳女孩子。周鸣又笑：说：深圳的女孩子怎么啦？王雨挠挠头，有点迟疑地说：我总觉得吧，大多数的深圳女孩子身上有股子邪劲。周鸣大笑：胡说！

王雨那天并没有醉，却还是天天缠着周鸣，邀她到酒吧去拼命。周鸣终于没挡住这种明火执仗般的邀请，只好答应他去一次。在一个周末的晚上，他们去了福田的一家酒吧。那天，他们喝得很尽兴。王雨突然露出了少有的严肃，他严肃时有点滑稽，说：你别看我跟小孩似的，其实我已经35岁了，还没找到老婆。现在我才知道，我一直在等一个像你这样的人出现。周鸣说：你又来了，我是什么样的人啊？王雨说：你特别傻，尤其是笑起来的时候。

后来很多次，一有机会，王雨就很认真地对周鸣说类似的话。周鸣总是莞尔笑笑，根本没往心里去的样子。王雨终于忍不住了，他正式向周鸣求婚。周鸣这才有点慌了神，她一个劲地摇头：不行，我是结过婚的人啊。王雨说：我知道，可你现在是自由的。周鸣正色道：我来深圳也不是一天两天，你这种人我见得太多了。你太空虚了。

能说会道的王雨脸色气得苍白，指着她的鼻子，手指在颤抖着。久久地，他才说：你不相信这个世界了，你不相信人了，你简直是变态。说完气呼呼地走了。

周鸣的眼泪悄悄滑落。她被王雨那气得发白的脸色感动了。她给王雨的手机打了一条留言：好吧，我相信你一次。

又过了一年，我看到我的朋友王雨和周鸣双双走在大街上，周鸣挺着大肚子，快做妈妈了。王雨还是那样，在她身边手舞足蹈地吹嘘着什么。周鸣不时斜乜他一眼，那份爱嗔叫人心醉。

爱情连环套

我在深圳，由于工作关系认识了不少朋友。有一天，朋友介绍一个美女老乡、P 君来找我。P 君是景德镇人，娇小玲珑，非常可爱，而且还是个女老板，开了一家规模不小的服装厂。那天，坐在我们办公楼 19 楼平台上，俯瞰着不远处的莲花山公园，她却似乎没有好心情，一脸沮丧的神色。喝了好几杯茶，P 君才吞吞吐吐地跟我说起了她最近的一段爱情故事。故事情节曲折，波澜起伏，高潮处让人哭笑不得。

一

故事起始也是这南国初春的一天，明丽的阳光和怒放的鲜花中欢快地涌进了深圳，可是，在见到梁君之前，P 君的心中没有丝毫温暖的感觉：她是一个离异的女人，33 岁的年龄不依不饶地警告她不能再做时髦的“新人类”。P 君的老家景德镇不但出产极品瓷器，而且出产痴情女人。她心灵深处一直在苦苦找寻一个爱情的港湾，可以让漂泊的小船安全地休息。面前的这个叫梁君的年轻小伙子仪表堂堂，身材高大，皮肤白净，架一副眼镜，文质彬彬，眼神似乎还有一丝羞涩。P

君一下子对他产生了好感。梁君比她还小一岁，没结过婚，是某某大学经济管理系高才生，现供职于一家国营大公司投资部，是部门经理。

“我是离过婚的人，你不介意吗？”P君小心翼翼地问。

“我一点都不介意，结没结过婚，不就是一张纸的差别吗。”梁君善解人意的话语使P君如沐春风。

P君又说：“我还比你大一岁呢。”

梁马上接过话头说：“大一岁有什么要紧，你其实看上去还很年轻。”

看着身边这位有着少年一般纯粹情感的男子，P君感到一阵冲动，梁君高大的身影就像一棵参天的橡树，而娇小的自己仿佛是树下一枝逢春欲放的小花。她仿佛等了他很久，等待这样的纯情男子。

初次见面后的第三天，梁君约她去歌舞厅跳舞，灯影朦胧中，梁动情地把她紧紧揽住，在她的耳旁悄悄告诉她：你真美，正面看你，像二十七八，背面看，也就二十出头。很久没有听过男人赞美的P君心里热乎乎的，她感觉这次幸福来得这么美。休息的时候，比她小一岁的梁却不无怜惜地劝P君要多注意休息，钱是赚不完的。P君心里又热了一把，她竟像听话的小女孩一样，拼命点头。在那个晚上，梁君告诉她，他父母还在南京。他得回南京去过春节。所以他们会分开一段时间。“但我会想你的。”他温柔地在她耳边说。

梁君果然很长时间没有露面。情人节那天晚上，P君收到了他的留言，非常温馨的那种，她觉得浪漫死了。

梁君回来了。久别后的相逢，两人感情急剧升温，但梁君非常有节制，每次深夜都是把P君送到楼下，从来不提过分要求。P君心里对梁又增加了许多好感，她觉得梁是深圳罕见的绅士，他的情感很纯洁。

P君和梁君的感情进一步膨胀，现在，他们同居了，梁君，这个大学经济管理系的高才生、国营大公司的投资管理天才终于开始过问P君的生意。躺在P君的床上，梁天才运筹帷幄，指天画地，给白手起家、经营起一家颇有规模的制衣厂的女老板讲经营课，大谈制衣企业如何创名牌，侃得深陷在感情泥潭里不能自拔的P君云天雾地，真觉得遇见了高人。

梁君对资本运营情有独钟，和P君同居不久，他就适时提出要求：由P君出资租一间办公室给他，让他去进行资本运营，赚大钱去。P君对他的景仰早已如黄河之水天上来滔滔不绝，她几乎是想都没想，立马在一栋高档写字楼租了一套办公室，让梁君业余时间去运作资本。

梁君西装革履，俨然金融巨子派头，早出晚归，时间飞快地过去。突然有一天，梁君一脸晦气地匆匆回来了，他气急败坏地告诉P君，他被那个国有企业开除了，原因是为一个客户办了军牌却没办军官证，结果害得人家的车被扣了。

更倒霉的是，梁君不但失业，还欠了人家一屁股债。他到处借钱，到处碰壁，有个人还只借给他1000多元。“这简直是侮辱我，想我当年风光时，几百万几千万在我手里转动就跟玩儿似的。”他头发凌乱，语气激愤地说。

P君看着坐在客厅里一个劲闷头抽烟、失魂落魄的梁君，心疼得不行，心想这么优秀的人才竟然这么不幸。她仗义地劝他道：没关系，让我们同甘共苦，你先住到我家来吧。梁君很快就搬到了P君独住的家中。从此他们像一对甜蜜的小夫妻，P君每天打理制衣厂业务，梁君到P君为他租的写字楼里去搞资本运营，只是三天两头要问P君讨几千元去“公关”。梁君说：这类公司就是这样的，先花点小钱，赚一把就是大头。但P君作为真正的投资人，却自始至终连梁君的一个客户也没见着。P 君的钱像流水一样哗哗而出，却从未见梁君把资本运营一点回来。有时，晚上躺在床上，她也劝梁君莫太急，先找个地方上班。梁君断然否定：我是给人打工的人吗？给人打工没意思！

如果梁君仅仅是花 P 君一点钱还好，但以后的日子，他却让 P 君走进了一种惊魂不定，以泪洗面的生活。

二

梁君失业以后，过着像“阿拉法特一样的生活”，隔三岔五就发生一场劫难：被人逼债、跟踪、追杀、甚至被“贩毒集团”扣留，几乎每个星期，梁君就要来上一场生死历险，结局都是 P 君花钱帮他消灾。

P 君在商业旺区罗湖还有一家门店，先是她自己的妹妹帮着打理。梁君以经营天才的眼光看了看，对 P 君说，你妹妹不行。吧拉吧拉说了一大通似是而非的分析。P 君听了他的话，把自己的妹妹炒了，换了她工厂一个姓李的厂长来，生意真的红火起来。可是过了不到半个月，梁君又说：李某进货有贪污，非得自己亲自出马干不行。P 君只好把李某辞了，让梁君来经营这家门店。谁知没过几天，梁君却失魂落魄地逃回家来，结结巴巴地对 P 君说：我被人跟踪了！ P 君吓得差点瘫倒在地，梁君连忙温柔地扶起她，说是被炒的李某不满，要杀他。P 君更是心惊肉跳，不知如何是好。梁君换上了一副嘴脸，说他已经花了 1000 多元钱，请了三个黑社会的人保护自己。P 君心里稍安。

没过几天的一个晚上，梁君又慌慌张张地跑回家，二话不说就收拾东西。P 君吓得直打战，连声问他怎么了。梁君说：大事不好，保护我的那 3 个黑社会抓住了跟踪我的人，一不小心把那人打死了，现在公安正在追捕他们，我在深圳也待不下去了，得出去避避。P君当场吓得哭起来。

梁君就这样走了，临走没忘了拿走P君几千元钱当盘缠，在此之前，他已经把设在某高档写字楼里的办公室的电脑拿出去卖了。

梁君一走，可怜的P君扑倒在家里供着的菩萨面前，跪了一夜，一边哭，一边为梁君的安全祈祷。

梁君的流浪生涯没过几天，两人又秘密见面了。梁君打扮得很神秘，还戴了墨镜，他说这些天他就像阿拉法特一样，每天换一个地方住，生怕被公安抓住，苦不堪言。

P君想得脑壳疼，终于想出了一个主意：我还有些股票，把股票抛了，拿钱给你摆平。

一听到钱字，梁君果然马上就恢复了常态，跟P君回去了。第二天，P君在低价位上把股票抛了，给了梁君1.2万元。很快，梁君就告诉P君，那3个黑社会让他打发回香港了，他没事了。

日子回归太平，P君的事业也有了新的转机。一天，P君接到了一个陌生人的电话，此人姓李，也是江西人，在东莞做服装生意，想跟P君合作。P君听说有生意做，就答应见一面。

李真是江西人，他自称在东莞经营多年，有厂有店有订单，但没有文化不会经营，想投资30万元与P君小姐合作。P君一直没想通这天上为何会掉下馅饼，当场没有答应。晚上，她把这桩好事跟梁君说道了一番。梁踌躇满志地说：等我去看一看就知道那老头有没有料。

梁李二人一见如故，李某对“梁总”的才干赞不绝口，说非把“梁总”挖到他公司去不行；梁君则认为李实力雄厚，家底殷实。就这样，心高气盛不可一世的投资家梁君决定到东莞跟李某干。对此，P君自然是很高兴，自己的男人总算想踏踏实实地干点正经事了。她欢天喜地地把梁君送去了东莞。

谁知梁在东莞只干了三天，就狼狈不堪地回来了，一进门就对P君说：哇！你害死我了！

P君连问怎么回事。梁君于是信口开河——

他一到东莞，就被李某没收了手机，李某原来是一个贩毒集团的头子，在当地有钱有势，不可一世。当天，李某就命令他到外地押运一车装在纸箱里的货物到东莞。车到半路，梁君乘司机吃饭的空子，偷偷打开一箱，原来满满的全是白粉。他顿时魂飞魄散，连忙把一箱白粉丢进了路边的草丛。李某验货时发现少了一箱白粉，非常生气，就命令他和司机为他们白干活赎身。他完了，完了。

P君一听毒品，早就魂飞魄散，倒在沙发上起不来身。梁君看看她，又说，除非他逃出深圳，逃得远远的。P君一听梁君要走，伤心马上压倒了恐惧，她抽抽搭搭地哭了起来。她已经离不开他了。最后，她决绝地说：要逃我跟你一起逃！梁君却仗义地说：我不能连累你！

祸不单行，就在两人彷徨迟疑之际，P君家发生了一宗入室偷窃案。梁君一般都是晚上11点以后才到P君家过夜，这天却回去得很早，他急急地呼叫P君回来，对她说：他一回家，就见房门大开，家里翻得乱七八糟，保险柜被撬了。他还说，有三个人走过来威胁他，说不准报案，否则就要他的命。

看着被撬开的保险柜，里面已空空荡荡，P君傻眼了，里面有她刚刚取回来的上万元现金和金首饰啊。P君要报案，梁君却不允许，说这样会害死他，并催P君赶紧把保险柜修好。梁君一直到第三天P君请人修好了保险柜和防盗门才走。P君疑云重重，最终还是报了案，但现场已经完全毁坏了，给公安部门的侦破造成很大的困难。

梁君再次独自逃命去了。那天，P君打理生意回来，梁已不在了，

P 君急得发了疯似的不停地打电话呼叫他，从下午到晚上，都没回音，她动情地给梁留了言：你为什么不带我一起走？我们生生死死都要在一起！

梁君终于复机了，说他在广州东方宾馆。一听到梁君的声音，P 君哭得抬不起头来，梁却酷酷地说：我要逃到云南去，以后别联系了。P 君好不容易止住哭，说：我跟你去，活一个月算一个月。

梁君见时机成熟，连忙提出了一个方案：他有一个古代的玉壶，价值 10 多万元，可以 4 万元卖给 P 君，她卖给与她合作的香港老板，用卖玉壶的钱把他从“贩毒集团”赎出去。

P 君好在当时太急于见到他了，没听进这些鬼话，就急忙上了去广州的汽车。她一路像坏了的水龙头似的流着泪，赶到了广州。梁却在手机里说他已经离开了东方宾馆，那里是李某的黑窝，叫她不可在那待。P 君一夜未见到梁君，渐渐有些清醒，第二天回深圳时，她突然想到，这么长时间来，她一点也不了解梁君，只听过梁的户口落在一个朋友家，却从来没去看过，当此之时，该去看看了——她有一次不经意地看过梁的身份证，记住了上面的地址。

她擦干眼泪，决定到梁君落户口的家去看看。

P 君来到了园岭新村 × 栋 × 号。这一去，她什么都明白了。

三

梁君落户口的那套住宅很安静，没有任何迹象表明这里住着一个被追杀者。P 君按了门铃，里面传出一个年轻女子的声音。

P 君心里打着鼓，她问：这是梁君家吗？那女子答道：是。P 君心里直发冷，她试探地问：梁太太在家吗？那女子答道：不在。P 君又急急地问：他们有小孩吗？那女子答：有，他们一家出去玩去了。

P君顿时如五雷轰顶，这么多天被折磨得死去活来，这个骗子却带着老婆孩子出去玩去了！

P君不由分说，一定要见梁君的家人，梁君的母亲出来了。老人家倒是个诚实的人，她承认：梁君早就结婚了，他也不是一个人在深圳，而是和父母住在一起。他其实什么事也没发生，这些天一直在家。这个不幸的母亲就在自己家里求P君放梁君一马，到公安局把那宗入室盗窃案撤了。

听到老太太的话，想到这些，P君止不住身体一阵阵发抖，她意识到自己被骗得太深了。

正说着话，梁君从外面回来了，这个可怕的骗子手，在家里见到P君，竟然一点也不惊慌，反过来问P君想怎么样。

P君此时的心态可以说被梁君看得一清二楚，一方面，她痛恨梁君骗了她，一方面，近半年的耳鬓厮磨，让久旱逢甘露般的P君割舍不去。梁君再次鼓捣起他的如簧巧舌，温柔地对P君说：其实他对老婆早已厌烦透了，他对P君是真心的，只要再给他半年时间，一定离婚来娶她。

P君实在是舍不得这个英俊少年，很快就又信了他。

这个一手创办起一份颇有规模的实业的女强人，对这样一张感情的空头支票竟深信不疑。而梁君在骗局败露、自身形象完全输光的情况下，更显示出他运作未婚女人的金钱的过人天才。过了一段时间，他重新对P君撒起非常低级的弥天大谎，他说他老婆已经开出了同意离婚的条件：给她100万元。

P君一听，沮丧到了极点，梁君不过是一个社会上的小混混，到哪去找100万啊？梁君却胆大气豪，他说，你再给我点启动资金，我要玩空手道，两个月内就能赚到 100 万元。P 君再次按梁的要求给了他 2.5 万元，给他玩空手道。

P 君稍稍长点记性，这笔钱就不会被梁君骗走，在他们交往的不到半年的时间里，梁君已多次证明过他的经营天才了：

说服 P 君到某某大厦租写字楼办公司，由他来搞资本运营，结果一分钱没给 P 君运营来，反而花了她几万元“公关费”；

要 P 君在广州白马市场租店面，他要融资把店面做大，结果白白花了 P 君不少租金；

梁君说要承包某大厦 1 至 3 楼大厅，建一个大型超市，结果又是水月镜花……

果然，一个月过去了，两个月过去了……梁君的 100 万元依然是黄粱一梦，而 P 君给他的 2.5 万元启动资金，早被他带着老婆花光了。

P 君终于走进了派出所。这回，总是能在各种追杀中成功脱身的梁君的好运气都用完了。

P 君的故事说完了，她没有如释重负的感觉，反而更加心事重重，她说：小梁其实人不坏，他就是太虚荣了……

我苦笑着看着她，不知说什么是好。

百万富翁

你有没有想过当一名百万富翁？我可是做梦都想啊！

机会终于来了！即开型彩票抽奖开始了，为期一周。这次彩票的特等奖是100万，而且中特等奖的概率是百万分之二。只要花上两块钱买一张彩票，一刮开，就成了百万富翁，这等好事，不干才傻。

我之所以对这次大奖这么重视是有原因的，这段时间我的左眼皮老跳，医生说是上火了，放屁。俗话说，左眼跳财，右眼跳祸，这是我要发大财的预兆啊，你想，为什么我早不上火晚不上火，偏偏在大奖开办之际上火，上火之说还站得住脚吗？这次我非中不可，中了特等奖气死那个医生。不抓住当前大好时机，简直就是天与不取啊，不傻吗。

我比任何一次摸奖都焦急地等待这次摸奖日子的到来。其实像我一样的大有人在，我们单位内部比哪次都热烈地议论这件事，因为这次抽奖的地点设在莲花山公园内，距我们单位还不到一里路，简直可以说是送奖上门。“赶快去买赶快去买，中了奖我就到欧洲去旅游，到美国去旅游，去吃美国的麦当劳。”“我想上一趟南极。”——我有一个同事刚刚随南极考察队到南极去了一趟，才花了10万块钱。一个刚参加工作没多久的小女孩蹦蹦跳跳地嚷嚷道："中了 100 万我就到吉之岛去疯狂采购。"

吵吵嚷嚷中我突然想到，对呀，我要是中了 100 万，我该干啥？没说的，第一件事要请同事们吃一顿饭。已经有不少女同事抱怨我没请她们吃过饭了，后来有一次我在食堂买了一大堆包子，准备带回家当消夜的，结果被她们发现了，大家一齐冲过来，报复性地一抢而空。结果那顿包子成了我为人大方、仗义疏财的具体体现，每当有人（主要是女同事）说我是铁公鸡，我就理直气壮地反驳说：你不是吃过我一个包子吗！而我问她们借点东西，比如说笔之类，或请她们来帮我看看我的电脑出什么毛病了，我也只要说一句：某人，为了偿还你吃过我一个包子的情，借支笔给我（或帮我看看电脑怎么了）。

也就是说，那些包子的潜在作用已经被我最大限度地开发得差不多要完了，我得请同事们再吃一顿大餐才行，这次中奖后，这顿饭看来是免不掉的。

于是我开始盘算在什么地方请客，既体面又节省，最后确定在我们单位的食堂里请比较合适，对外道理很说得过去，一、近。大家都很忙，别到太远的地方去；二、非典的阴影还没散去，外面的食物说不定有非典；三、在自己单位食堂吃，钱给自己单位赚，利润要入单位的账，年终多少可以体现一点在我们的奖金里。有这三大好处，大家还有什么好挑剔的。我于是拿出记事本，在里面郑重其事地写上一条：下班后速到食堂管理处给就餐卡充值 200 元，以备请客之用。

但是，问题又来了，要不要请我们单位的领导？按理说，中了这么大的奖，不请领导吃饭是说不过去的。但我们单位的领导是不吃部下的请的。我和 T 君，我们单位的一个女同事，前几年写的文章老获奖，我们单位的领导是评委会成员之一。每次领奖，他就带着我们这对金童玉女，坐着他的车去。颁奖会开完，我们捧着奖状，包里揣着奖金，笑嘻嘻地回来，而领导则两手空空。我们过意不去，总说要请他吃一次饭，每次都被他婉拒了。后来我和T君同时评上了高一级的职称，以这个借口联合请他吃饭，他才勉强答应了，而且很给我们面子，把班子成员全叫上了。本来我们打算在深圳最好的酒店请的，他却把我们带到一家他老乡开的中档酒店，还叫老乡老板给打了折，结果我们两人加起来才花了1000多块钱。瞧瞧瞧瞧，请不请这个领导能不让我犯难吗。最后我决定，中奖后请客前，先给他打个招呼，一般的情况下他不会来。如果来，就先请同事到食堂吃，然后再请他单独到外面高档酒店吃。

吃饭的问题就这样解决了，但随后的问题又来了。吃了饭，我百万富翁的名声就路人皆知了，我就是个有身份的人了，就得做些体面的事。

首先，我那辆价值仅12万的捷达车是不能再开了，虽然才跑了5万多公里，发动机处于最好的状态，但车型太对不起一个百万富翁了。没啥好犹豫的，换。我一个同学是个大款，刚刚买了一辆奥迪A6，说开起来特别爽。那就换A6吧。赶紧上网查一查A6的资料，2.4排量的不错，包牌价（也就是办完一切手续的价）才52万。就是它了。

车换了，房总得换吧。我看中了我们单位边上香蜜湖畔水榭花都住宅区。那里的环境虽然并不比我现在住的梅林一村好（水榭花都只有水没有山，而梅林一村既有水还有山，而且是挺高的山，我们住在这就像住在边远山区似的），但你看看人家水榭花都里住的都是些什么人啊？说出来吓死你，全是有钱人！你到他们院子里看看那里停着的车就知道了。我都百万富翁了，当然要跟这些人为伍，我要给自己重新定位。就这么定了，到水榭花都买一套两百平方米的豪宅，也不过200万左右吗。

喝（念Ye），不对呀，我怎么一算账超支了。买车50多万，买房200多万，我不是成了“负翁”了吗。

呸！我什么时候变得这么声色犬马，我是个胸有大志的人啊。我正值壮年，应该干一番大事业。对，我要用这一百万投资。

对，投资。办实业我没兴趣，因为投资太大，租厂房、买机器，买原材料，招工，100万连零头都不够。开发房地产，更不用想了，100万连送礼都不够。

还是搞些短平快的项目吧。开美容美发厅比较切合我的实际，租一间小屋子简单装修一下，到内地招一群洗头妹，穿着很开放的衣服，大腿完全暴露在外面，坐在门口，有路过的就斜着眼睛瞟瞟人家，就像巴登街的那些洗头妹，见人从边上走过就嗲声嗲气地叫一声“靓仔，过来玩玩”，吸引他过来洗头理发，顺便干点坏事。这事来钱最快，可是有危险。我到深圳这么久了，认得的搞公安的朋友全都胆小如鼠，根本不可能给我当保护伞。没有保护伞，干那种营生，岂不是自毁前程。

显然，开发廊不行。要不开家餐馆。可是餐馆的投资也很大，开家小店又没生意，火不起来，发不了财，搞不好还会连本都赔进去。干脆就开火锅店，叫江南火锅城，火锅里面放点罂粟，让人吃了还想吃，我就发达了。100万变成1000万，1亿，我就成了深圳的火锅大王。可是罂粟到哪去搞？据说罂粟是毒品，贩毒可是死罪，万一走漏了风声，我岂不是得把命搭进去。搞不得，搞不得。

听说搞传销很赚钱，投本也不大……也不行，工商局打击得太厉害。

嗨，我干吗傻啦呼鲁地把目光盯着深圳。我应该回老家投资。顺便说一声，我真正的老家不是在城里，而是在农村，我的祖辈是乡下人。我老家在鄱阳湖的一个湖汊，叫青岚湖（好听吧，美吧）的中心的一个岛上，四面环水。那水是没有任何污染的湖面，异常清澈，半岛上树木葱茏，碧草青青，物产丰饶。总之，是一个既有江南水乡的柔美，又有北方水岸乡村的壮阔的迷人所在。我应该到那里去投资。我当然不会建造纸厂制造污水污染我的家乡，我要搞农业开发，建一个奶牛场。

我已经打听过了，到浙江去买奶牛，一头只要8000元左右，我可以买它100头奶牛，建一排牛舍，请一群挤奶姑娘。我的奶牛场就开张了。那些挤奶姑娘晚上上哪去我也给她们安排好了，我打算再买一台面包车，晚上就把她们送到省城，当“三陪小姐”。挤奶姑娘发点小财，我也可以抽成跟着发财。

在这样山清水秀的世外桃源，像我这样一个文化人总不能每天光视察视察挤奶，找挤奶姑娘抽她们客串当“三陪”的成吧。我得干点高雅的事。干什么呢，我要像古人一样，钓鱼。孤舟蓑笠翁，独钓寒江雪。发了财，我就买条渔船（必须是机动船，最好是快艇），再买些雷管，把船开到青岚湖中心，把雷管投下去。只听得湖面上响起了阵阵震耳欲聋的爆炸声，硝烟和水花散去，湖面上便漂起一层白花花的死鱼，我就雇人捞鱼去卖。

我勒个去，奖还没到手，我的心里已经变得像这样全无人性品德了。我这是怎么了？我要悬崖勒马呀！人性有正面和背面，在人类历史上，圣人并不多，像我这样的庸人，谁知一夜暴富会变成什么样。钱还是要慢慢地赚比较好。我很快想清楚了这个简单的道理。摸奖的时候，我虽然买了一百块钱的彩票，但却把中特等奖的机会留给了群众。我压根就不想去中大奖了，打死我我也不要。

发奖的时候，我看着那些中奖的人笑得嘴角都咧到耳根了，我不禁幸灾乐祸地也乐了。

耍大钱如烹小鲜

一度，王洪星这名字，是财富的象征，他是深圳股市的一个风云人物。现在，深圳的电视台每天都有股评员信口开河说东道西。开始我为了支持老婆炒股——省得什么股票不跌她就不卖，什么股票不涨她就不买，把我那点血汗钱全赔光了——我还听听他们的股评，后来认识了王洪星，我才发现那些股评家跟他比，就像好莱坞电影里的枪战爆炸比之于拉登袭击美国的世界贸易中心，不是一个档次。

王洪星是我来深圳后认识的一个朋友。

王洪星是东北人。有道是不到东北不知道自己胆小，辽宁人王洪星一杀进股市，就显示出他东北人的大胆来。在他的炒股生涯中，几乎没有小买小卖的经历，他一出手就是大动作，最多时，千万元资金吞吐股市如烹小鲜，在见惯了大钱的深圳，今天听起来也都让人咂舌。

1990 年，股票刚刚在中国走火时，王洪星还在单位上，没有时间炒股，因此没有成为最早一批吃螃蟹者。但随着深发展飙升了 17 倍 18 倍，老王坐不住了。他来到国投大厦观察了几天，终于明白，股票这东西获利太大了，这件新事物值得投入。他没有再盘桓，马上与妻弟合资，在国投一口气吃进了挂牌价 1.25 元的深宝安 20 万股。没几天，深宝安就翻了番，王洪星一反手工夫赚了几十万。他出货不久，深宝安又掉了，在1.70块钱的时候，他又及时杀入。几个回合下来，王洪星说，一夜之间，我就由一个中型企业的小领导，成了百万富翁，从此他正式下海炒股。

王洪星是个有心人，他炒股不光在股市上赚钱，而且在股市上学习股票经营，寻找自己的价值和定位。1991年，他带着在国投赚到的数百万元，更带着在这里学到的股票经营知识，开始要当股市大哥了。1991年，一过完春节，他就开始联络了七八个和他一起的股市高人，汇集了千万元资金。3月，他们杀进了设在深南大道西丽大厦里的广西证券。所谓善者不来，这回，他们是来做庄家的。

他们做的第一支股票是江铃。9块多一股，他们开始买进，然后就哗哗地买进卖出。看着江铃股票价格随着他们这七八条好汉的吞吐时涨时跌，更想着在这数字的消长中，自己的百万身家就像风浪里的一条船，一下子冲得老高，一下子跌得很深，那种紧张刺激难以言喻。

不过股市里的人是不考虑这么多的，钱在他们眼里已经成了平常的工作用具而已。那时的王洪星，从不在家里开火，豪华酒店挨家去品尝，家里几台车换着坐，老房子也不住了，买了一套高层豪宅，上下楼都坐电梯，老家东北要来人，打电话给他们说：别坐火车了，全都坐飞机。朋友炒股资金一时周转不了，10万8万先拿着用。

两个月后，江铃终于没能扶起来，震荡在7块多钱的价位上，他们看大势不好，及时斩仓出逃，最后，江铃果然跌到了5块钱。

第一次做庄他们就亏了。不过，老王并不后悔，毕竟是第一次做庄，只亏了几十万，却学会了怎样做庄家。以后，他坚守在广西证券做大户做庄家，当次年他从广西证券撤出时，他已经在这里赚够了在深圳股市呼风唤雨的资本。

1992年5月，王洪星从广西证券移师家门口的新疆证券。在这里，他是当时的第一大户，他的资金随便动一动，证券商就要赚个10万8万。在这里，他瞄准了原野。原野是中国第一个涉外上市公司，他觉得应该很有潜力。当然他错了。

他将所有资金的70%投进了这只股票。谁知没多久，原野就出事被停牌了，并引发了一场不小的股市风波。当时深圳谣言四起，时不时传来某某大厦有人跳楼的消息。王洪星在原野案中一把就亏了上千万。好几个晚上都有人从远处打电话来，一听到他的声音对方就长喘了一口气，说：都说你已经跳楼了。

王洪星没有跳楼，其实，此时他还搞不清自己到底亏了多少。1000万，还是2000万，或是更多。反正手上潇洒的钱还有的是，他几乎还过着花天酒地的生活。这时，他稀里糊涂地被推到了中国股市风云的前台。

深圳市政府对原野问题极为重视，为了保护2万多原野股民的利益，市政府开始重整原野，并通过电脑查询，寻找大股东参与重整原野。在原野的大股东中，就有王洪星的名字。他意外地被发现是中国最早上市的这家股份公司的13大股东之一。王洪星马上被市政府和原野股民指定为重整后的第一次股东大会主持人。

1992年1月7日，第一次原野股东大会在体育馆召开。那天下着大雨，开会前，市政府一位领导接见他，仔细询问股东大会的情况和困难。那天，王洪星赶到市政府时，衣服都湿了，那位领导同志连忙拿出自己的西装给他换上。那次大会上，王洪星被选为原野重整的5人领导小组成员。

会后，王洪星成了原野股民的心目中的救星，他家一天到晚电话铃声不断，都是股民来打探消息的。为此，王洪星专门装了6部电话，由深圳的热心股民论流值班，接听四面八方的股民热线。很多远在外地的股民还专门坐火车坐飞机赶到深圳来找他咨询。为此，他又到宾馆里包了几套房，接待这些远道而来的股民。今天，王洪星欣慰地说，市政府选择了一家很好的公司来收购原野，由原野脱胎而来的“世纪星源”经营得不错，没有辜负股民。

当然，现在在深圳的股市上，再也不见翻手为云覆手为雨的王洪星了。他说，深圳股市初创之时，不够规范，也缺乏理性，所以容易出现大起大落。正因为如此，所以那几年的大股东，我都认识，很少有赚钱的。

最后把王洪星置于死地的是在 1994 年，这一年他即便不是血本无归，也可以说基本失去了操纵股市于股掌之中的能量了。那年初，深圳股市再度虚火摩天，疯狂劲不可一世。他就这时在 11 块的价位上，一口气吃进了几十万股深金田。熊市突如其来，大盘动荡，深金田一口气连续 5 个跌停板，王洪星三年的股市收益大幅下挫，在 6 块钱的价位上，他才得以斩仓出逃。

今天，王洪星回忆起当时的情景，不无后怕。他说，当时我在大户室里，那真叫震荡啊，看着屏幕身上都发凉，耳边不时就有人叫：完了完了，又少了几十万！有几个人当场就晕倒在证券所。我当时想，能够收回多少算多少，可是晚了，抛不掉了。眼睁睁看着大把的钱被那些数字吃掉了。像我一样，很多大户的金融帝国就在几天之内土崩瓦解。股市风险真叫人感到是在刀刃上行走。

第五个跌停板后的那一夜，他家的电话响了一夜，不过不是来打听利好利坏消息的，而是神神道道地问听说你跳楼了。不过王洪星在电话里始终很镇定：我不是好好的在家吗。

王洪星的确没跳楼，东北人天生乐观，在痛苦了几天后，他想通了，1990年他初进股市，就看出了股市来得快去得快的特点，现在股市来的股市走了。他泰然了，带着夫人孩子回东北老家祭祖去了。一个月后，他一回到深圳，马上又有证券商找上门来，拉住他说：老王啊，你不炒股还能干什么呢。回来吧，我们一定帮你东山再起。老王笑笑，没有答应。

今天，王洪星已经把主要精力转到了实业上。不过，股票依然是他生活中的一个重要内容，股票毕竟铸造过他在深圳最光荣的时光啊。他说，每年就炒两次，选一两匹黑马，赚了一倍就走，千万别贪。

三个儿子的妈妈

过年的时候，我们三兄弟照旧都要回老家与母亲团聚。小女听见我们都叫妈妈，觉得不可思议，问：奶奶，为什么我爸爸叫你妈妈，二叔三叔也叫你妈妈？我妈妈说：因为他们都是我生的，都是我儿子呀。

我女儿于是鬼头鬼脑地跑去对太太说：我发现了一个秘密，奶奶有三个儿子。

对独生子女而言，一个妈妈有三个儿子是很奇妙的。

是的，我妈妈有三个儿子。

20 世纪 70 年代末，我们一家从广东迁回老家的时候，是一个完整的家，父母觉得非常自豪，他们离家时，只带着部队发的简单衣被，而回家时，带回来的是三个儿子。那是我们家的黄金时代，家里的重活母亲从不用沾手，三个牛高马大的儿子轻而易举就可解决。比方说买米吧，我们哥几个能吃，一买就是一二百斤，老大老二一人扛一袋，跟在她后面，大气不喘就回了家。家里烧煤，要到很远的火车站货场去拉煤，我一个就可以拉几百斤煤回来，然后和上黄泥，拍成煤饼。那时，邻居们都羡慕我的母亲。

当然，最值得母亲骄傲的是，三个儿子都很会读书。我是比较不幸的老大，中学时赶上了那个荒唐的年代，没有受过正规的教育，时间都用在学农上了，中学时成绩也就是比学渣好一点。1977 年全国恢复高考，全国的青少年进入了一个重学习考大学的年代。一天，母亲从单位拿回了一张《南方日报》，上面登了高考复习提纲，我仔细看了很久，郑重地对母亲说：我能考上啊！后来母亲对我说："听到这句话，我当时眼泪都出来了。"

我果然像变了一个人，一年时间，我完成了中学四年的课程补习，第二年的 1978 年，我果然考上了一个师专，那年，我 15 岁（如果那年我去上了师专，18 岁就是人民教师了）。收到录取通知时，我们家已经搬回江西，我自己以为是大人，但在父母眼里我还是个孩子，一个人再辗转回广东去读个当老师的大专，父母心有不甘。父亲拿着我的录取通知找当地的教育局，问能不能转到当地的师专。教育局很头疼，说：没有先例啊。就同意我再考。第二年，我考上了我们省最好的大学，今天这所大学也成了 211。多年后我母亲对我说：三个孩子我最担心的就是你，你小时候没读到书，你两个弟弟是一定能考上的，要是你考不上我一辈子都不安心。

我两个弟弟就比我省心多了，老二上了我们县最好的中学。当时江西的教育质量是碾压广东的，那所中学听说是广东转来的学生，不由分说就安排在最差的一个班，结果没多久就是期中考试，一考完，最好的尖子班就把他抢走了。大弟弟后来不负尖子班的期望，考上了清华。父亲送老三去那所中学就读时，校长亲自接待：承诺说：×××（我大弟弟的名字）的弟弟，肯定到最好的班。

我们三兄弟成了母亲所在工厂的楷模，母亲也成了那家厂争相取经的对象。但是母亲的确没什么秘诀，她跟同事说：我没有什么秘诀，我就是管他们吃饱。我儿子在家，我一定在家陪他。

大家都不信这么简单，于是就盯着母亲的一举一动。

工厂附近有一个自由市场，母亲上街买菜，后面就跟着一群家属和女工，看母亲买什么菜，他们就买什么菜。说：胡会计的儿子学习那么好，一定吃了什么有营养的东西。结果发现我母亲买的菜和别人没什么不一样。

其实母亲说的是实话，作为一个母亲，她培养儿子最好的方法就是陪着儿子。

我考上了省城的大学，离家不是太远，父母都没什么特别的感觉，好像我不过像中小学时出去春游了似的。但我从此再也没有能够像当小孩时那样终日守在他们膝下。

真正有儿子远离的感觉，是二弟走。在我大三的时候，二弟考上了清华大学。那年，父亲已经退居二线。人老了，对儿子的离开就特别敏感，送走老二的时候，父亲站在月台上，半天缓不过劲来，火车开走了很久他还站在那不动。母亲那时还不到 50 岁，作为一个老区农民的女儿，一个没有读过多少书的女人，自己的儿子能考上清华大学，她的骄傲远远压倒了感伤。她由衷地说：作为母亲，我完成了一个任务，我又为国家培养了一个合格的儿子。回家很久，同事谈到二弟的走，都说，老二去了北京，怕是再不会回来了。她说，要回来干什么，他将来毕业了，哪里要他就到哪去好了。

那时，她身边只剩下一个老三了。

老二真的没再回来，他在清华一路读上去，本科、硕士、博士，最后没啥读的，就放洋到一个发达国家去读博士后了。

老二走的那年，老三考上了当地的省重点中学，当年培养他二哥上清华的班主任对我父母说，我一定再给你们培养一个大学生。父亲半开玩笑半认真地说：我已经有两个大学生儿子了，老三嘛，最好是考师专，将来好分回来。对此，妈妈从不发表看法，多年后，她对我说：要是老三考上师专，我会不甘心的。

老三以全地区最高分完成了高考，父亲像遭遇了沉重打击，他内心希望老三上本地的大学，将来好留在身边。此时这个希望成了泡影，老三执意要远走高飞，而且非北京不去。

老三是老幺，平时父亲最疼他，老三走时，父亲却说什么也不肯去送。那些天，他什么话也不说，只是把老三的行李检查了又检查，完了就一个劲地抽烟，望着楼下的枫杨树发呆——那是我们刚回来时爸爸种下的。当年的小树苗，现在枝条都伸到二楼的阳台了。

母亲数落他：儿子有出息你还不高兴。

就决定自己去送。

送老三时，母亲一直高高兴兴，她对我说：我的任务算是圆满完成了。你们从小到大，只要做好事，爸爸妈妈从来不拖后腿。你们在外面不能干给我和你爸爸丢脸的事。回来的路上，她有说有笑。司机在一旁说：老三明天晚上到了北京就要想家了。我插嘴说：不会，老三很要强的。

坐在前排的妈妈终于哭出了声。

多年过去，老家只剩下母亲一个人了，我听说，家里的电视天线坏了，她到处找人修。我还听说，家里要重新布置一下，她搬动一下柜子桌子啥的，累得腰疼了好几天。此刻，她养的三个牛高马大的儿子都在忙自己的事。我来了深圳，决定把老人家接来，还带她重游了她工作过的汕头和陆丰，就是在这两个地方，她成了三个儿子的妈妈。

书生啊，书生

一个读书人和写书的人如果不写自己读书，会让读者大惑不解的：他是外星来的吗？他是天才吗？不，当然都不是，我是靠苦读才有今天的成就的。我马上就跟你讲讲一个辛勤的读书郎——我的故事。

一

我的童年和少年是在无书可读的岁月里度过的。

当时，我生活在粤东的一个贫穷的小县城里，全城的书加起来恐怕都没有我现在供职的这家单位一天消耗的纸张多。对我而言，在那座小城，奇缺的东西除了大米，就是书本了。

今天看来，觉得书少是一个人快要成才的前兆。古往今来，喜欢读书就是胸怀大志的代名词啊！但是我绝不是胸有大志的人。我觉得书太少了，是因为那时没有电视，甚至连电影都很少，一个星期才能看一场，偶尔可以到人民广场看一场露天电影《地道战》《地雷战》。因此，看书——主要是小说，成了我业余时间（我当时的主业是一种叫打野操的游戏）最好的消磨时间的娱乐活动。

于是就到处找书看。我去得最多的地方就是县上唯一的一家新华书店门口的一个小人书摊，一分钱可以租两本连环画。那时，我是一个有钱人，每个月我妈妈给我两毛钱零花钱，我差不多照顾了这个书摊的生意。我直到现在还在琢磨，那个书摊的档主是一个什么样的人，他怎么会有那么多今天几成绝版的小人书。像什么《铁道游击队》《敌后武工队》《林海雪原》《平原枪声》《三国演义》《水浒》等，都是成套成套的。

在那个书摊上，有很多小人书你一定没看过，比方说有一本反映巴黎公社小英雄的《三个小鼓手》，说的是三个小社员被拥护国王的封建军队俘虏了，敌人让他们在反动军队里当小鼓手。在一个月黑风高的夜晚，敌人偷袭巴黎公社，快到城边时，三个小鼓手突然勇敢地敲响了战鼓，惊醒了沉睡的战友，三个小鼓手英勇地牺牲了。那是一本很薄的小人书，却给我留下了极深的印象。当时，我们天天都唱的《国际歌》是在巴黎公社革命后诞生的，但我们却不知道巴黎公社的人民是什么样子，这三个小社员给了我最生动最具体的形象。我印象中最深的是高尔基的三部曲《童年》《在人间》《我的大学》。我没有读过大部头的原著，小人书里情节至今留在我的心中。在《童年》，我记得小高尔基有一次拿了妈妈的一块钱，买了书和面包，请小朋友到家里来读书。妈妈发现少了钱，把他打了一顿。晚上，妈妈把高尔基揽在怀里，哭着说：我们是穷人……至今，这个细节依然使我落泪。在《在人间》里，高尔基在建筑师家里因为读书烧坏了一只茶壶，被建筑师的母亲打成重伤。出院后，建筑师家的母老虎们不敢干涉他读书了，好心的建筑师也将自己床底下的画报找出来给他看。我看见少年高尔基跪在建筑师的床前，如饥似渴地翻阅着。我想象得出，高尔基得到这些书后，甚至连带回自己的房间去看都等不及了，就趴在建筑师的床前看了起来。我还记得在《我的大学》里，一个大学生责问没上过大学的高尔基：你懂得哲学吗？青年高尔基骄傲地扬起他的满头秀发，说：我的哲学是从皮肉里熬出来的，比哲学家强。事实证明，学哲学的大学生再也没人记得他们的名字了，而高尔基全世界只有一个。

二

我喜欢上读书，还有一个原因是当时很多书是“禁书”。当时，家父在县上工作，他办公室里，有很多收缴上来的“黄色书籍”，全是些纸质发黄，书皮早已不知去向，前后总会少几页的小说。我当时认为，大人之所以管这些书叫黄色书籍，大概是因为纸黄的缘故吧。我从他那摸到周立波的《暴风骤雨》、李晓明的《破晓记》、李英儒的《苦菜花》，还有很多没头没脑的，不知书名的小说。我当时显然还不是读长篇小说的年纪，拿到书就囫囵吞枣，三天一本长篇。因为有很多人做梦都在等我看完了传给他看呢。

我父亲发现我偷他的书以后，就把那些凡是涉及有点“男女关系”的地方全部撕掉，然后把这些“干净”的书给我看。他越是这样，我越是觉得书里面有很多小孩不能知道的秘密，于是就希望家父手下有漏撕的地方，看书的兴趣就越高了。可以说，我爱上读书，一大半是因为那时很多书都是“禁书”。如果像现在这样，什么书都可以读，像我这类心性浮躁的人一定不会去看书。

城小有城小的好处，差不多全城的私人藏书我们都可以看到。因为在当时，家境好的同学大多在我们那个小学中学读书。我们这些半大不小的学生就是这样把家里当时被列为禁书的小书偷偷地藏进书包里，带到学校与同学分享。我从同学那里换到的最好的一本书我记得是20世纪60年代初出版的《中国民间故事集》，这本故事集最吸引我的，就是这些故事大多都有回肠荡气的爱情，王子与贫女、公主与乞丐、人与神、生死不渝、忠贞不贰，在那个灰色的年代带给了我许多粉红色的遐想。优美的故事今天我还讲给孩子们听。

不，不单讲给孩子们听，我当时一看完，就讲给我的弟弟们听，我两个弟弟听我讲故事，结果稀里糊涂也爱上了文学，老二是学文科的，高考时却不幸考上了清华大学，结果第一年他就带着他写的小说去找北京大学中文系主任，想转学去北大中文系，结果人家说你这样的人我们北大太多了。他后来写过一些校园小说，不过科研一忙，写小说的功能就废了。老三博士学的是工业经济，结果却以写网络小说出名，30年后，他以4大部、120万字的中国工业发展史诗式的小说成为中国很有名的网络小说家。他的笔名叫齐橙，最著名的作品是《大国重工》。

后来，大学恢复了考试招生，老师已经可以在课堂上公然叫嚣：学好数理化，走遍天下都不怕！可我还在津津有味地看《三国演义》。而且在同时读两个版本，一个是1972年出的供内部阅读的，一个是1962年左右出的一个儿童版的，里面配了很精美的插图。我父亲急得不得了，骂我：你以后还能考个看小说的大学吗？我很快就让他瞠目结舌：我硬是考上了专看小说的大学：中文系。

三

参加工作后，我大半的时间都花在买书上。这时期，我主要是买折价书。在20世纪的80年代，中国已经进入了一个改革开放的新时期，价值变得多元，读书不再是公民生活最值得追求的行为，事实上，从此以后，越来越多的公民不再读书而转向做生意，没做成生意的也在日思夜想如何发财，书本被晾到了一边。20 世纪 70 年代中期以后出版的大批世界名著中国名著像股市一样大幅跳水，我在正规的新华书店买到了 5 分钱一本的鲁迅杂文单行本，两块钱一套的精装本的《资本论》和四块钱一整套的精装本马恩列斯选集，一块六上下两册杨绛译的《堂吉诃德》，四块钱一套的傅雷译《约翰·克利斯朵夫》，以及此类的许许多多的名著。而现在，你就是出十倍于这个价，也别想买到这些书。

非常吊诡非常悖论的是，与此同时，各大出版社又把这些已经大大贬值的书籍一个字也不修改，装上一个硬封皮，然后加上比这个硬纸壳贵不知多少倍的价钱，开始欺骗性地卖给像我后来变成的那样的“书籍收藏家”了。我后来买的书大多是“成套”的，20 本一套的上海译文出版社出版的世界文学名著珍藏本，卖得比我的血还贵，价格最低的是 1988 年前后出版的《呼啸山庄》《简·爱》，20 多块钱一本，而后一点出的《伊利亚特·奥德赛》突破了半百，达 51 元。这个价格，几年前我买下一整套 10 本江西人民出版社出版的马克·吐温文集。

我曾将这套豪华本的名著和以前出版的同名名著作了一个对比，发现内容竟然完全一样，一个字也没改动。后来我想明白了，那些写下这些千古不朽诗篇的作家们早已谢世，他们绝没有可能因为出版社要出豪华本就把原著修改得更完美一些，从理论上讲，这些名著经过时间的千锤百炼，已经不可修改了。

但我还是傻乎乎地买了，因为后来出版的这些书籍装潢实在是太美了，摆在书架上，金光闪闪，档次就是不一样，书架也就像外国人的书架了。

我后来买的那些装潢精美的书籍，现在盘点一下，只有大百科全书是有价值的，并不是说那些装潢精美的名著没有价值，而是我已经都有了，精美名著是我的第二套甚至是第三套。大百科全书是人类文化的结晶。《简明不列颠百科全书》一出版我就买了，现在看来是很便宜的，才 90 多块。《中国大百科全书》开始是按学科陆续出版的，我是出一本买一本。《中国大百科全书》开始很便宜，外国文学卷两大册只要 22 块钱。《大不列颠百科全书》出版时，书价已经到了难以接受的地步，要 2000 多块，但我还是毫不犹豫地买下了。

有了整套整套的精装书、豪华版，我就得要有一个配得上它们的书橱。但是我长时间都没有。我在内地长时间没有一套像样的房子，也就不可能装备豪华的书橱。我最近看了一部电视连续剧《国宝》，讲的是故宫博物院的国宝文物在抗日战争期间千里辗转的苦难经历，我的书就类似于这些国宝。我的书长期都用箱子装着，放在外地我父母家，只有少部分急用的才跟我。一直到 1993、1994 年的时候，我在单位上分得一套一房一厅的房子，我的书才有了短暂的团聚，安顿下来。但这时我去意已决，不想在这里长住了，也就没必要打一个像样的书橱。我自己买来木料，凭借一把锯子、一把锤子和一斤铁钉，在客厅里打了一个铺满整整一面大墙的书架，第一次把我的珍藏在纸箱里的书籍比较全面地展示出来。没过多久，我就要调深圳了，房子按规定要交还单位。我的书便又全部装进了纸箱，运到了深圳。

在深圳，我分了房，第一件事就是花了 8000 多块钱，买了一个豪华级的书橱，放在客厅里，专门安放我的大百科全书和精装本豪华本名著们。这个书橱是我家目前最贵重的家具，比我自己睡得床贵多了。我觉得只有它才配得上那些饱受冷落之苦的书籍。

四

从读书到写书再到藏书，是许多老式中国文化人走过的必由之路。藏书是文化人最喜欢炫耀的题目，我自然也未能免俗。我要跟你讲讲我的藏书。一讲到藏书，我的故事就多了，就活了，就有趣了。

时下一般藏书的文化人，都有一个秘诀，就是写自己与名人的交往，借以自雄。他们一般都认识一两个一说起他们的名字就让人生出无限景仰的知识界的朋友。这些了不起的人物除了有着渊博的学问，自然有着富可敌国的藏书，更有着说出来吓死人的绝版书和价值连城的字画什么的（出过洋的名人则是满架子外文书）。小文人们在写自雄式文章时，就义务替大名人做起了宣传，描写他们的书房，捎带着赞美他们的学问和人品之类。——其实，这些写文章宣传名人书房的人，很多不过是与文章中提到的名人见过一两次面，有时可能是到那个名人家里送礼的时候，顺便参观下名人的书房，这是名人们乐意带他们进行的一项活动，为的炫耀一下自己坐拥书城的光荣，以及在知识界的至高无上的地位。写下这些，就证明他们见过名人，见过绝版书和字画，总之，是见过大世面的。他们的身价于是也就高了，他们的文章就升值了。

而我则没有。我认识的最了不起的人物是我们单位的老总，我到过他的办公室，那里也有一整面墙的书。但那是公家配的，全是业务方面的书籍，绝不可与京城和上海等地的名家藏书相提并论。

和我走得最近的“藏书友”是J君。

J君在一个很有权力的单位搞宣传，我因此得以结交到他。J君以前也搞过创作，在“文革”期间，写过革命剧本，后来激情没有了，就写点新闻稿和工作总结之类。本来写这些东西是一点也用不着藏书的。但他藏书实在是有年头了，他最大的成就就是收集了不少辞典，我记得他有整整一书架辞典，从1936年出的《辞海》到1979年版、1989年版的《辞海》，还有各类稀奇古怪的辞典。这是他最大的财富。J君家有一间专门的书房，我喜欢到他的书房，和他一起把摩柜中的藏书，谈一些读书的体会，不知不觉，一天就过去了。我们的交往很淡泊，只谈书，最多交换一下在哪可以买到什么书。因此彼此都很轻松，直到今天，我每次回老家去，一定要到他书房里去看看，和他坐坐，还是延续以前的话题。

我还有幸认识一个人，H君，我甚至和他共过事呢。我早就看出H君是一个了不起的天才的人物，他的文章写得好自不待说，关键是他的头颅特别发达，而且总是闪闪发亮，以至于他柔软的头发知趣地早早谢掉，让他头颅无所阻挡地明亮地照耀前程。H君为人谦恭，彬彬有礼，甚至对我们单位烧锅炉的大师傅也是优礼有加。H君是一个天生的金领，他总是衣冠齐整，一尘不染——这一点在我们那个脏得像个大垃圾堆的国家卫生城市里是一大奇迹。优雅的风度和得体的衣衫，使H君在我们那个圈子里格外出众却又不是特别引人注目。这就注定了H君是一个官运亨通的人，他在我们那个单位仅仅工作了20年就被提拔为副处级领导干部。

当然，我不是看他前程远大才与他交往的，我还不至于那么世故。H君是因为家有藏书才让我对他有所好感。要说H君的藏书，那是一绝，就像他的打扮一样，用一丝不苟来形容再恰当不过——H君家的书异乎寻常的全是新书。

和我们那座城市里的大多数人一样，H君的住房很小，只有两房一厅，但他却专门辟出较小的一间房当书房，进门就可以看见四个一人高的书柜把整面墙挤满。柜子里的书，全是崭新的，而且大多是成套的，即便不是成套的，也是根据书脊的颜色而不是根据书的内容，或者作者，或者出版社之类的惯常的排列法进行排列。所以，看 H 君的书橱就像看一个精心构筑的色块图案，令人赏心悦目。H 君是景德镇人，他的书橱上，还摆了许多青花艺术瓷器。我注意了一下，全是青花瓷器，绝无杂色，所以格外清爽。

我第一次到 H 君家去参观他的藏书，是夏天，和 J 君一起去的。H 君脸上露出他惯常的谦恭的微笑，说：为了迎接你们来指导，我昨天特意又去买了一些书来充实。我把买音响的钱都花了，才有今天的成果。H 太太也在一边，一脸不满的神情，对我们说，昨天晚上我睡到半夜，一觉醒来，喝（念Ye），他到哪去了。我看书房的灯还亮着，跑过去一看，他老兄打个赤膊，一身大汗，头上两根头发贴在鼻子上，在那里整理书橱。我平时叫他拖地他从来没有这么卖力。

想到 H 君如此敬业爱书，比比自己的那个烂书架，我简直如坐针毡。

我和 J 君抚摸着 H 君的满橱新书，赞不绝口。H 君得意地介绍说，他的书之所以保护得这么好，是因为他从来不看。他要看什么书，就到图书馆去借。上大学时，教材他都不看，而是到图书馆去借来，考试完了再还回去。所以他的教材都是崭新的。我听得目瞪口呆，感慨万千。

我结交的读书爱书之人，在大师级的人物看来，太不高大上，但恰是这些市井小民的读书，折射着文化的光芒。

爱书的人，一定有一种超然尘世的达观与快乐，这种情怀，今天是多么珍贵啊。每一本书的背后都有一位智者，和智者长谈竟年，乐而忘忧，不知不觉地，时间老去了，一切不就成了过眼烟云了吗。

南昌的春天

一

下了好几天、貌似很文艺实则让人讨厌的绵绵春雨终于停了，南昌城里的春天，从梧桐和香樟树的新叶萌发出的香甜的体香中开始了。

和树木一起萌动的，还有我的那些亲爱的同事们。每天，办公室都叽叽喳喳在讨论着春天，议题只有一个：要干点不负春光的事情。

我们去春游！

我们单位是个了不起的单位，在市里很有地位，很快，有人就联系上了航运局，让我们部门搭他们的执法船，去鄱阳湖游览一处名胜。大家都脱下厚厚的棉袄，换上了春装，专门用来对付春雨的旧皮鞋也换上了刚刚流行的柔软的羊皮鞋，每个人都身轻如燕，走路像腾云驾雾。大家像过节一样开心，只有我心事重重。我自己都有点讨厌自己，别人都很开心，而我总是觉得有什么地方不对劲。

我们一大早就从塘子河的客运港登上了一条半新不旧的执法船。原来我还以为执法船是小汽艇，上了船才发现，这条常年在赣江鄱阳湖上巡游的船有前后甲板，后甲板尤其宽敞，因为要解决历时数日的日常巡河巡湖，舱室也够大，以供海事执法人员休息。果然，大家都和我一样对这条船非常满意。

和我一道出行的，还有省府某厅的一群年轻人。在这种美好的日子里，春游是大家的共同心愿。

天蒙蒙亮，一声长笛，执法船缓缓出港，我们全都涌到甲板上，从宽阔的赣江上欣赏着我们美丽的沐浴着春光的城市，正像歌里唱的“迎着朝阳，乘风破浪，我驾驶着巨轮出海去远航……”

人一旦闲得无聊聚集在一起，各种是非就成几何级数发生。

后甲板显得没有刚开始那么宽大了，几乎所有的旅客都挤在这里。大家自然以相识或要好组成一个个小群体，有的大声赞叹，有的高谈阔论。我们这个团伙人数多、年轻、男女搭配均匀，因而很活跃。在暂时离开工作岗位的轻松的神仙游过程中，大家全部彻底放松了，自我约束荡然无存，人性中丑陋的背面狰狞地暴露无遗，平时就靠咬文嚼字混饭吃的人，此时将一点常人看来很有学问的学识全甩了出来：有故意装出酸溜溜的样子吟诗的，有用非常隐讳但同时也不怀好意的词语调戏女同事的，更有的撕下了平日里的斯文嘴脸，赤裸裸地抖搂同事平时难以启齿的糗事，还有的竟然盯上了同船的其他女乘客——这些披着狼皮的羊啊……总之，在这堆败坏的人里，笑话不断，洋相百出。大家都注意上我们了，某厅有几个本来素质很高的年轻人忍不住加入到我们的放肆中来，无比快乐地、轻松地堕落了。

我小心翼翼地避开我的同事 X 君和 Z 君，这两个小子不是好鸟，我的不安就来自他俩。我那年还很年轻幼稚，头脑简单，属于傻白甜的那种，而他俩年纪跟我一般，却老奸巨猾，总是设套捉弄我。比如有一天，我一个在省委工作的同学打电话找我，我当时不在办公室，是 Z 君接的电话，他口气凝重地说：你不知道呀？某人（我）昨天喝酒摔断了脖子，住院了！吓得我的同学联系了另外好几个同学，分头到省医院、市医院、医学院第一、第二附属医院等能治摔断脖子的医院去找我。又有一次，我外出公干刚回到办公室，一身臭汗，X君就对我说：有一个人找你有急事，他在南昌宾馆某某房。大中午，我骑上单车飞驰而去，到了南昌宾馆某某房，结果里面是住了人，不过是一个我压根不认得的大胖子。还有一次差点酿成政治事故，那天X君郑重其事地对我说：组织部青年干部科找我谈话。我以为组织上要提拔我，激动得趿拉着鞋子就往外跑。好在一位大姐及时识破骗局，把我从单位大门口拉了回来。

现在，我和他们就在一条船上，躲都没地方躲，而他俩正鬼鬼祟祟在耳语，似乎又要给我挖坑。

我赶紧趸到船舷，结果遇上了和我一样心事重重的M君。M君不是我们部门的，他纯粹是出来散心，因为他的女朋友离开他了。在那个年代，恋爱谈崩了是一件天塌地陷般的事情，不像现在的小年轻，谈了一阵就巴不得立刻分手。M君头发凌乱，脸色灰白，小眼睛里的血丝因为眼白少所以格外明显。也能怪，这不是春天吗，发情期呀！

他看见我走过来，像找到了救星，拉着我就絮絮叨叨地讲起了他渐行渐远的女友。我和M君并没有深交，感情还不如跟X君和Z君，但又磨不开面子甩手而去，于是只好站在船舷分担他的痛苦。我两个臂弯支着船舷的栏杆，背对着江水，低着头做倾听状。我眼角的余光终于看见了他的两条大长腿，突然灵感大发，“你要发挥你双腿的优势啊！”话一出口，我自己都激动起来，我跟他说，你就每天到她单位门口去堵她，她下班出来，你也别跟她讲话，就这样一脸倒霉相，远远地跟着她。你每天都去，你会发现，终于有一天，她会装着系鞋带，蹲下来偷偷看你一眼。然后你再跟踪。突然有一天，你不跟踪了。你躲到一个能看见她的地方，保准她走几步就回一下头，走几步就回一下头。等到有一天，你突然出现在她面前！啊……

我的抒情还没结束，就听得附近有个美妙的声音：“扑哧。”

我看了一个曲线优美的侧影！

她低着头，侧面看得见她洁白的面颊鼓了起来，显然是被我的奇妙的想象逗乐了。她穿着那个年代我们大南昌不多见的质地看上去很柔软的黑色风衣，象牙色的脖子上系了一条和她的脖子颜色很搭的洁白的丝巾。刚刚我还感到甲板太小没地方让我躲开那两个挖坑人，现在我觉得甲板小得恰到好处，使我得以很自然地离她很近。我兴奋得面红耳赤，声音也高了好几度：

兄弟，大胆地往前走啊！

后来，我听说M君真的照我说的去跟踪前女友了，不过感人的结局没有出现，第三天他就被警察拦住了。M君胆子小脸皮薄，就放弃了这个天才的创意。

二

游船顺江而下，两岸大平原的景色越来越单调，只能看见嫩绿色的树木和南昌下头湖里农村黑色的屋顶（南昌管靠近湖区的地带叫下头湖），其实在大堤挡住的田野上，赣鄱大地上的油菜花开得正盛。同事们打情骂俏倦了，就都回到了船舱，打起了扑克牌。喧闹声一点也没有减少，时不时有谁爆发出大笑，传到了甲板上。我也回到船舱里，看了一会打扑克，突然发现那个黑衣女子一个人站在后甲板上，呆呆地望着远处。

我马上想起了她忍不住笑鼓起来的洁白的脸颊，便有了冲动，于是装着闲荡的样子，走出船舱，慢慢地踱到了她的身边。她好像知道是我，突然回过头来，我们相视一笑。这一笑非常亲切，是那种很早就相识的人之间才有的那种。我发现她是个绝色女子，省级机关里很少有这样的美女的，美得即便像我这样的天才也难以描摹她的美艳。更妙的是她长得特别柔，像纯净的水一样。

当然，我那时也很帅，而且背影尤其棒，我还穿着一件灰色的新夹克衫。

“嘿。”我们几乎同时向对方打了声招呼。

接下来，我们互相通报了自己的单位。“我看出来了，你们这些人真有意思。”她说。

你为什么不去玩牌?

我不会。

是吗？看不出来。

这有什么看得出来看不出来的。

你为什么还待在这，不回船舱去?

出来玩就是看风景啊。

我们就这样聊开了。我没正面看她，而是看着她白皙的、搭在栏杆上的、像新鲜的笋尖一样的、手背上有着小小的窝窝的小手。好想现在就摸一下。

河岸上露出了一片茂密的树林的尖顶，树丛里，是一簇簇红瓦房的屋顶。她有些激动，踮起脚尖来，用手指着岸边的那片小村对我说：你看你看，就是那个村，我在那里下过放。她的脸上突然飘来两朵红晕，就像洁白的雪原上飘来两片红霞。她差不多是有点陶醉地看着那些屋顶，神情痴痴的。

我的天啊，她当过知青。

我们看来都不愿回到各自的船舱，就站在后甲板上，望着船尾犁开的翻着白沫的浑黄的江水，说着话，我听她简单地谈了当年农民对她怎么好，然后我就跟她吹我学过的文学、艺术。总之，像那个年代一切年轻人喜欢谈的东西一样。她听得很敬仰。

三

顺水船走得很快，下午，我们乘坐的执法船就到了湖口石钟山，这是我们此次旅游的目的地。石钟山位于江西湖口县，是从大湖中突兀而起的一座石山，山不高，精致得像一座盆景，山路幽深曲折，石壁陡峭、沟壑纵横、山石奇崛。我们之所以坐那么久的船来看一座湖中小山，盖因这座山在中国文化史上很有名，描写这座山的文章是中学课文的，那就是宋代苏轼作的《石钟山记》：

"《水经》云：彭蠡之口有石钟山焉。郦元以为下临深潭，微风鼓浪，水石相搏，声如洪钟。"

我倒要看看谁还说我写的文章没有文化品味，苏东坡的文章我都引了！

某厅那帮人和我们混杂在一起，但是我却没有看到那个黑衣女子，我明明看到她和大家一起上岸的。我所有的好兴致顿时化作乌有。我像得了抑郁症，怏怏地走在最后面。而真正得了抑郁症的 M 君心结早被我解开，此时兴冲冲地迈开长腿在前方导游。同伴们一路走，一路谈笑风生。Z 君和 X 君藏头露尾地在谈论走在他们前面的一对恋人。他俩似乎在想放个大招把那个男的除掉。就听得 X 君语气庄重地说：干吧，我在道义上支持你！跟在他俩身后的我们部门的副领导立刻大笑起来。不幸发生了，他笑得一扬头，结果撞在山崖上一块凸出的石头上，额上顿时隆起了一个大包，上面还现出了血丝。

大家笑得前仰后合，但都成功地避开了凸岩。

大家轮换着在景点照相，副领导总是用一只手捂着额头，面目严肃，如思想者。我照相的时候则双眉紧蹙，愤世嫉俗。

她一个下午都没露面。

当晚，江上大雾，我们不得不在湖口逗留一晚。

第二天，我们终于在船上相遇了。她们一伙人有说有笑地走上船来。我不知怎么的，竟对她恨得直咬牙。

快开船时，船长特意来到后舱宣布了一件让人高兴的事情，由于湖面上还有雾，船要到晚上才能航行，所以今天白天增加一个点，到位于长江上的安徽宿松县的小孤山去。船长的话音刚落，全船就响起了一片欢呼声。于是，船出湖口，进入长江。她又一次来到了船尾甲板上，我又一次悄悄踱到她的身边。我们又一次相视一笑。

“这真是意外的礼物。”我对她说。

可不，太好了。

哎，昨天下午你到哪去了，我看见你们那一拨人了，就是没见你。我假装用淡然的口气，漫不经心地问道。

她也用很平淡的口气说：我们处在这里办了个学习班，既然来了就跟处长过去看看。

啊，原来是这样。我心头狐疑释然，又有点酸酸的。我说过，省里的机关很少有这般绝色美女，我一直以为她是机关的打字员之类的角色，没想到她可能还是个前程远大的准领导呢。我就是这样，恨人有笑人无。

下午两点多钟的样子，我们来到了小孤山下。这是介于江西和安徽两省长江中心的一个小岛，“碧峰巉然孤起，上干云霄，逾近逾秀，冬夏晴雨，姿态万变，信造化之尤物也。……庙在山之西麓，额曰惠济，神曰安济夫人。……”这是宋朝另一位伟大诗人陆游的文笔。瞧瞧，瞧瞧，文化呀、博大精深呀！陆游先生说的这座庙叫惠济庙，供奉的安济夫人，是保佑船老大行船安全的小姑神。小孤山当年的游客并不多，来旅游的人都是冲着惠济庙来的，据说这里抽的签特别灵。

阳春三月，小孤山下的田野里，开满了油菜花。她一下船就被这大片大片的油菜花迷住了，“啊！”她差不多是惊叫一声，一下子脱离了自己的队伍，像一只美丽的蝴蝶，飞进了油菜花丛中。她眯起眼睛，陶醉地吸吮着油菜花的清香。

某厅的那些同伴在远处叫她“快走啊”。

四

仲春的午后，太阳暖洋洋的，她已经脱掉了黑色风衣，穿着一件乳白色的羊毛衫，乌黑的秀发恣意飘散在她的肩头和颈项上，在我的镜头里，她的脸蛋被阳光下呈现出鹅黄色的油菜花和乳白色的毛衣映得红彤彤的。她微微张开双臂拥抱着身边的油菜花，眼睛成迷醉状低垂在油菜花间。我把焦距聚在了她的脸上，聚焦在她因陶醉其间而有些迷离的目光，大片的油菜花在她脸的四周幻化成一片星星点点的清丽的金黄的光亮。

我按下了快门。

真美。我由衷地轻叹道。

她的同伴在通向小孤山古庙的路上，远远地招呼她：快点，我们不等你了！

我望着她，她调皮地一挤鼻头，小声而快乐地说：咱们别理他们。

咱们？我的心一阵猛跳，好像我们在进行着一桩只有我们两人才知道的秘密，我们的心似乎贴得很紧。

我们在油菜花海里轻快地漫步，走在青草丛生的田埂上，扑进鲜花烂漫的土地上，如饥似渴地呼吸着浓浓的花香。时而，她兴之所至，摆出一个姿势，或侧身转头，或俯下身子，或扬起俊俏的脸庞。我紧张得要命，她一摆出姿势，我就赶紧举起相机按下快门，一卷胶卷很快照完了。

我在换胶卷的时候，她轻轻地哼起了一首歌：

我深深地爱着你，这片多情的土地。
我时时都吸吮着，大地母亲的乳汁，
我天天都接受着，你的恩爱情意，
我怎能离开这山路小溪，这山路小溪。
我拥抱村口的百岁杨槐，仿佛拥抱妈妈的身躯……

歌声轻柔婉转，像我的此时的心情，我没有了其他的欲望，我就想仰身倒在这油菜花盛开的田地里，屏住呼吸倾听这因可爱而美妙的歌声，让所有的烦恼、压抑、焦虑，在这歌声中烟消云散。

我们不知不觉离开大道很远很远了，距回船返航的时间越来越近了，她的歌声戛然而止。

长江上吹来阵阵潮湿而略带春天泥土腥味的风，油菜花迎风起伏，一片片花浪把大地吹出一个接一个的涡旋，涡旋起伏，像我此时的心情。太阳渐渐有点发朦，空气变得有点感伤。她不再歌唱，在我的印象中，空气里许久没有声音，只有风声，哗哗地、忧伤地轻吟着。

我们该回去了。她说。

我有点愣在那，久久说不出话来，只觉得眼泪就要流出来了。我真想永远在这里，和她在一起，过着世外桃源般的生活。

那年，我刚 20 出头。

一路上，无边的惆怅让我们像累了似的默默无语。回各自的船舱的时候，我们走到门口，竟不约而同地回头望了一眼对方，那一眼似乎望得很久很久。

返航了。

太阳西下，鄱阳湖被晚霞映得通红，大家都涌到后甲板上，争看落日余晖，我也没见着她。我有一种再也见不到她的很不妙的感觉，闷闷不乐地回到自己的舱里，倒在床上，胡思乱想。

天完全黑了下来，船进入了赣江溯流而上，大家都回到了船舱，静静的船舱里再一次爆发出阵阵欢声笑语。我躺在那里，觉得特别无聊，就起身踱出了舱。

外面很黑，我却眼前一亮：那个穿着黑色风衣的亲切的身影，背对着我来的方向，倚在后甲板的栏杆上。风滑过左右甲板，吹动她的秀发。我像萤火虫奔向月光一样，有点迫不及待地、然而是轻轻地奔向她。我站在她的身后，压抑住激动“嘿”了一声。

她没有回头，我注意到她的两颊鼓了起来，她一定是在笑。然后，她才慢悠悠地转过身来，在夜航灯的光影下面，她的脸上洋溢着灿烂的笑靥，眼睛像跃动着的深深的幽黑的湖水般明亮。她调皮地对我眨了一下眼睛：你怎么来了？

风很大，寒气逼人，后甲板一个人也没有，我大胆地紧挨着她站着，与其说是风吹来，不如说是我感觉得到她身上在大田里沁满的油菜花的香味。我有点忘乎所以地不无深情地说：我知道你在这儿。她略微弓下身，头却仿佛要埋到了胸前，吃吃地笑了起来，小手在空中挥了一下，却什么也没说。

“就回南昌了。”

一语既出，我们俩似乎都一愣愣。她轻轻地“嗯”了一声，然后她若有所思地侧过脸来，看看我。她的眼睛在夜航灯的影里，那么亮，那么深，那么……忧伤。再后来，我们都不说话，把头深深地埋着，眼睛看着江水，被船犁开的千万条白练，在夜航灯下翻滚。我们彼此挨得很紧，手指头碰到了一块，我们都没有躲开，我像触了电似的，身体不停地发抖。

时间悄悄地过去。

凌晨，船靠上了塘子河码头，我们回到了我们生活的城市，不，准确地说，我们是从世外桃源中回到了世俗的真实的生活中。我想抢先下船，不愿在这最后的时刻让她看见伤感。但我走到船舷边时，还是忍不住停住了脚步，站在船舷边灯光照不到的弦板后面，等着她。她拎着一个小旅行袋随着人流走了出来，在登岸的跳板口上，她让到了一边，站了下来，眼睛不断地张望着。我可以断定她是在等我，在找我。

我的心在翻滚着，痛苦而忧伤地翻滚着。我不敢走出舷舱的阴影，我很想她看见我，但我又害怕她看见我。

时间不知道过了多久。

大家都在为下船地忙乱着，没人注意到她。

我终于忍不住冲了过去，几乎是向她扑过去。她下意识地伸出一只手，那只美丽的、两天来我一直想抓在手里送到嘴唇边狂吻的手。我紧紧地攥住她，似乎永远也不想松开。她把脸转到一边，看也不看我，只任我抓住她的手，手上沁出了微微的汗。终于，她狠狠地把手抽了出来，转身就走。

五

以后的日子，我们没有再联系，我把照片寄回给了她。后来我收到了她一封信，无非说照片收到了，照得很好，她打过电话给我，但我不在。那时，我们既没有呼机更没有手机。

我接到她的信后，一个人呆呆地坐了很久。然后，我骑上自行车来到她工作的那个厅的大楼下面，转悠了好几圈。我对着那栋大楼的每一扇窗户眺望，似乎每一扇窗户都闪动着她的身影。梧桐树冠盖葱茏，特别是夏季里一场雨后，柏油路面湿漉漉的，在梧桐树荫下那么长、那么深。

不知不觉，梧桐叶黄了，接着，一片片飘落下来……秋天来了、冬天来了……

在那条林荫路上，我一次也没见到她。

第二年，又是春暖花开的季节，又是江南三月里少有的晴天，我骑着自行车，骑过八一大桥，慢悠悠地出了城，拐上一条乡村土路，漫无目标地往前骑行。田野的油菜花盛开着，虽然没有小孤山下的那么高、那么盛、那么无边无际，但经过一个可怕而漫长的冬天的等待，已足以抚慰我的心。

我在一个长满了松树的山坡上坐了下来，一阵风吹过，顿时，油菜花香溢满了我的胸臆，我的泪水悄悄滑落……

南昌的夏天

一

我的南昌的夏天是在三个小贩的吆喝中开始的。我的小屋窗外是一条小街，春末夏初，正是春眠不觉晓的时节，我常被他们的吆喝吵醒。

这三个小贩，一个是卖酒酿子的，也就是我们老家农村自制的酒糟，我们那叫甜酒酿，他吆喝的是："甜酒酿。"一个是补竹席的，我们那叫竹垫。到了夏天，家家户户该睡竹席了，修补上一年睡破了竹席的人也多了。这个小贩吆喝的是："补垫。"（垫的发音在南昌方言里是tian）一个是卖红薯的，他的吆喝带号召性质："吃薯了！"可惜他的南昌郊区方言把薯发成了"si"这个音。三个人尾随而行，在小巷里的吆喝声此起彼伏：

"甜酒酿！"

"补垫！"

"吃薯了！"

结果任何人听起来都是这样一句奇怪的话：

“甜酒酿，不甜，吃死了！”

三个小贩谁也没意识到这一点，每年都有好几天，三个人如影随形地在小巷深处互相拆台。在我的印象中，他们谁也没有做成一单生意，每年我好奇地打开窗户看见他们都是衣衫褴褛，面如菜色。

我的南昌的夏天开始了。

二

20 世纪 80 年代的南昌是一座优雅宁静的城市，城市不大，也没有摩天大楼，但市中心有四个湖，分别叫东湖西湖南湖北湖，南昌老城区的两个主要城区也以东湖西湖命名。这四个湖在清朝都还是贯通的，两端以小溪的形态贯通流经城市西部的抚河，地质学上叫牛轭湖。

湖边有江西文化昌盛的标志，比如东湖边，是江西最好的中学之一南昌二中。二中院子里有一个墓，安葬着孔子最有学问的学生之一澹台灭明。澹台灭明，字子羽，据说长相奇丑，老夫子是个大帅哥，所以不太待见他。子羽见在鲁地没有发展前途，便南下寻找机会。他走到了当时长满了樟树的豫章地方，在这个美丽的湖滩定居下来，开坛讲学。澹台灭明的南下，给当时尚在蒙昧之中的江西点燃了文明之光，江西人从此有了读书办学的传统，到宋朝，江西成为全国文化最为发达的省份，南昌就有豫章书院、东湖书院、友教书院和经训书院等四大书院。

澹台灭明离开鲁地，子曰：以貌取人，失之子羽！

在澹台灭明墓对岸，是建于西晋时期的古寺佑民寺，据说当年寺中的铜铸佛像极为高大，重达 1.8 万公斤。当地老人说：江西穷是穷，还有三万六千斤铜。今天，佑民寺依然香火鼎盛。

与东湖相邻的北湖边上，有一座规模不小的古色古香的建筑，却叫水观音亭。明朝时，封在豫章的宁王朱宸濠意欲谋反，他的一个小妾苦苦相劝，但宁王利欲熏心，还是行动了。当时，另一个江西文化名人、汀赣巡抚王阳明立即传檄诸郡，起兵勤王。宁王兵败被杀，死前叹曰，别人听女人的话误大事，我不听女人的话误了身家性命啊。宁王死后，小妾万念俱灰，人生再无意义，便投北湖自尽。南昌人很厚道，忘了她是叛乱分子的家属，反而觉得她是个有情有义的女人，便尊她为水观音，在湖边建水观音亭纪念她。

有湖有水就有树，那时的南昌城街道不宽，除了一条新中国成立后修的八一大道，基本都是十几米宽的小街，路旁遍植香樟梧桐，一到夏天，绿树浓荫，诗情画意。这样的环境最适合什么呢？千万别笑话我没格调：

当然是谈恋爱啊！

灯火昏黄的夏夜的湖边最适合年轻人谈情说爱，西湖周边是老城区小市民聚集地，治安不太好，建筑也密，所以在那轧马路的时尚青年不多。东湖在民国时代就被圈进了中正公园，新中国成立后改名为八一公园。我到南昌工作时，进这个公园要花一毛钱。南湖北湖周边是传统的高尚住宅区，至今还有很多民国以来留下来的小楼小院，绿化也很好。到了夏夜，年轻男女便鬼鬼祟祟地躲在公园和湖边小路旁的树下甜言蜜语拉拉扯扯，他们穿着讲究的白衣蓝裤，女的是一身浅颜色的连衣裙。

那个年代的年轻人真是浪漫得很，我觉得比之今天的年轻人一言不合就上咖啡馆电影院更浪漫更古典。

当然，要浪漫必然也有风险。当年城里的半大小子非常可恶，时不时就有一帮浑小子，从家里抓一个煤球——当年南昌城里人家大多是烧煤球，躲在黑暗处，一见有白衣服的人过来，就万炮齐轰，煤球像炮弹似的飞掷过去，打得人家一身煤点。而他们则在这些倒霉鬼的骂声中大笑着逃跑，边跑边上气不接下气地说："中了中了！"

这些小坏蛋还有更令人齿寒的恶行。

南昌城里的湖是没有栏杆的，恋爱中的男女喜欢坐在湖边上，两腿吊在垂直的护岸上。那些熊孩子往往趁人家全情投入之时，便突然冲过去，猛地一推，猝不及防地将两个人一齐推下湖去。近岸的湖水并不深，出人命是不会的，但谈恋爱的好心情肯定是没有了。等那两个可怜虫从湖里爬出来，破口大骂谁这么缺德呀的时候，湖边早围上来一大群看热闹的人。这些小东西也挤在人群中，一脸无辜地看着湿漉漉的爱情伤员落荒而逃。

我没见过这种骇人听闻的场景，都是我在南昌时的一个朋友C君讲给我听的。C君本人不干这种缺德事，但他小时候显然也不是什么好鸟。

C君住在水观音亭附近的老民居里。水观音亭片区的一些小巷子是城市引车卖浆者流聚集地，也是环卫工人最集中的地方。C君的父亲就是环卫工人，他周围的邻居也都是环卫工人。

早年南昌环卫工人住房条件都很差——今天也好不到哪去，夏天，这些早上三四点钟就要起床干活的人早早就把装运垃圾或粪桶的板车停在湖边，把木头粪桶卸下来，然后在车上架一块竹板，就这样睡在上面，既可以守着板车不被人偷走，又省了床。童年C君们晚上就围着这些"车床"转悠，等那些大人睡着了——这是很快的，因为他们白天干活都很累，就轻轻地连车带人，一齐推到公共厕所门口停下。等那些大人被厕所的臭味熏醒，他们早已在家安静地睡着了。

C君者流对他们的父辈干下的坏事远不止这些。

南昌当年的环卫工人都喜欢理一个大光头。环卫工人们晚上上厕所要到外面的公用厕所来，C君们就尾随着进入厕所，假装尿尿。回头看看那些大光头叔叔都解了裤子，蹲在那里舒畅地发出哼哼的声音，就互相使个眼色，大家一齐扑上前去，照着那些个大光头就是一顿猛敲，打完就“咯咯”地笑着作鸟兽散。等那些光头大叔提着裤子骂着追出来，这些小恶棍早已不知去向。后来环卫工人上厕所便有了心病，一看到有小孩进厕所赶紧捂着光头，警惕地盯着他们，竟忘了自己蹲在那是干什么来着。

C君儿时的恶作剧令人发指，长大后洗心革面，进了市政府的“五讲四美三热爱办公室”，后来这个单位更名为精神文明办公室。C君的人生拉升幅度这么大，比沧海桑田还令人惊异。

三

说到哪了？对了，睡觉。

南昌的夏天的热是那种又闷又湿的热。据专家说，南昌地处中国最大的湖泊鄱阳湖边，四周丘陵环抱，鄱阳湖水汽蒸发后闷在城市的上空无处流动，就像一道罩子盖住了这座城市。那道水罩子把所有的热气全捂住了，白天晚上一样热，好不容易有点风也是热的。

于是，许多年来，也许是上千年来，一到晚上，人们便在湖边，即便不临湖的人家也在房前屋后摆上竹板床，吃过饭，洗了澡，换上家常衣裳，摇一把大蒲扇，坐在竹床上，海阔天空聊上一通家长里短，然后就……当街睡觉了。那时南昌城里汽车很少，南昌的夏夜虽说没有清凉但也不用担心汽车尾气的污染，尽可尽情享受户外的空旷。

我参加工作后的头一两年，还见过很多露宿街头的。我的工作常常需要熬夜，那时的人睡觉时间早，晚上 10 点基本都安眠了。我下班后会好奇地在街上逛逛，尽可能近距离地观察一下那些市井小民的睡相大观：仰着睡的、趴着睡的、弓着睡的、坐着睡的，我从没见过那么多睡觉的时候磨牙的、睡梦中唱歌的、流涎的。有一个少女长着一头长长的秀发，睡觉时大张着嘴，吸气的时候，散乱在脸上的头发被吸进嘴里去，呼气的时候又吐了出来，非常动人；还有一位老先生，圆睁怒目，嘴里喃喃有声。开始我被他吓得半死，以为他发现了我在偷窥，正等着挨一顿臭骂。过了一会没动静，才发现他其实是睡着的。这也证明了《三国演义》里说张飞晚上睡觉睁着双眼此言不谬。

那时的社会治安好，要放在现在，不定要出多少社会案件。

南昌城里满街摆竹床睡觉的状况到 20 世纪 80 年代中期以后就绝迹了，先是城市进行了改造，许多人都住上了成套的房子，新居也都装了电扇，后来更改成了空调，室内显然比当街更能安眠，南昌人终于享受到了现代化的好处。不过我当年可不这样，一到夏天就很难睡一个囫囵觉。

那时，南昌的城市供电网络是按住平房点电灯的负荷架设的，根本支撑不了全城的人都开空调或者电扇。那些年，一到夏天的晚上，尤其是持续十天半月 38 度以上的高温，满城都听得见变压器爆炸起火的声音。一烧变压器，就出现大面积停电。

我们宿舍楼对面就有一个变压器建在当街，常常看见它火光一闪，接着这片街区就全黑了，方圆左近就像一座鬼城。与此同时，听得见从四面八方传来异口同声“呵——”一声，像是欢呼又像是惊叹，那是这个街区居民共同的心声。不一会，街上就站着、走动着各色人等，男的大多光着膀子，肩上搭一条花毛巾，女的也穿着小小的家常衣服，摇着蒲扇，“搞西哩（什么）鬼呀，又炸了嘻？”大家不管认识不认识，碰头总是这一句。

我们单位的领导、Y 君也加入了这个行列。Y 君是一个大胖子，胖子怕热是人所共知的。停电时，我趴在窗口就可以看见他露着半身白白的肥肉，穿一条大短裤，摇着扇子，在马路上游荡，貌似很崩溃。

这是上半夜的情景，下半夜我就遭灾了。我得睁着眼睛警惕地等着停电又来电。一停电我就得赶紧爬起来，把新装上的空调关了，以免突然来电后烧坏空调——那时一台窗式空调要 2400 块钱，我攒了好多年的钱才买的。等来了电，我再爬起来，把空调重新启动。一个晚上折腾上几次，我的好梦就算泡汤了。

我就是这样一个倒霉蛋，现代化带给别人的全是好处，带给我的全是不圆满。

四

即便生活有这么些不如意，我还是深爱时间过得很慢的南昌。是的，即便只是那条傍城而过的赣江，也让我的生活贮满激情。

我家不远有一个叫下沙窝的地方，是赣江边一片很开阔的沙滩，沙子又细又白，自然就成了南昌城里人玩水的地方。这个自发形成的游泳场，没有更衣室，附近也没有什么建筑物。大家游泳上岸，就在岸边用一条大浴巾什么的围住，快快地把湿衣服换下来。女孩子则套上连衣裙，就可以换衣服了。每到夏天，我总是隔三岔五到下沙窝游泳，这时的赣江水量充沛却水流和缓，泡在清洁而温暖的江水中伸胳膊蹬腿，非常快意。

没有很多工作的时候，我会在半下午的时候，穿一条短裤，光着膀子，骑上自行车，赶往下沙窝。多年后，我去过一趟澳大利亚的黄金海岸，那座城市给我最深刻的印象是满街都是身材健美的光膀子或穿游泳衣的人们，他们步履矫健地从城市中走过，直接走进大海。我冷笑一声：我在大南昌时不就这样吗？我早就是运动达人了好吗！

不过，并不是每个人都去过黄金海岸，我们那的警察就没有。有一天，我光着膀子骑着车子出门，那天我心情格外好，车子骑得很快，还吹着口哨，是一首进行曲的曲调。结果，在省委大门附近被一个警察拦下了，他二话不说就把我的自行车推到了路边，要罚我5毛钱。我清楚地记得我并没有闯红灯，警察冷冷地说：你影响市容。我冷汗直流，我身上只有两毛钱，是要交给游泳场的。于是我只好觍着脸，小声告诉他我是某单位的——我们单位在市里还是有些地位的。他一副打死也不相信的样子。那时我太年轻，又光着身子，实在不像老成持重的干部，最后我报了好几个我们单位同事的名字，甚至把领导都供出来了，他才将信将疑地放过了我。后来，我每次去游泳，都穿上衣服出门。我发现穿着衣服在路上走其实更让人自信，文明是个好东西，我发自内心地感谢那个警察给我的教育。

走题了走题了，说回游泳。一般情况下，我会在江中游上一两个小时。回到家，我会在天将黑未黑时分，到菜市场买一两块钱酱鸭，就着酱鸭喝上几瓶啤酒。然后就对着孩子她妈吹牛，该说的说了，不该说的也说了，反正都是酒话。

对了，我说的南昌酱鸭，是后来成为全国知名品牌的煌×煌酱鸭，是我们大南昌的名优特产，鸭头鸭脖鸭脚、肝肠胗舌、鸭胸脯肉，用南昌特有的重口味的酱料和辣椒末子卤出一种很刺激的香辣味，让人口舌饱受折磨而后快。最有想象力的人也没预见这种味道竟然能征服全国人民的味蕾。我在南昌的时候，煌×煌刚开始在城里的一些菜市场熟食摊布点。我选择在傍晚去买，因为这时的酱鸭在摊子上沤了一天，味道更浓郁了。当然，更便宜了。

好日子不知道什么时候没有的。当地政府突发奇想，斥资改造了这个游泳场。他们在这里修了现代化的更衣室，还有两座通向江心的栈桥，栈桥上面建了古不古今不今土不土洋不洋的亭子，结果这件“为民办实事办好事”工程硬是把一个好端端的沙滩游泳场给毁了：到处都是泥沙瓦砾，到江里游泳先得像鬼子探地雷似的涉过没膝深的泥淖；你也不能从栈桥那下水，栈桥附近的水下面到处是刀戟般的建筑残余的石头，一不留神就会把都市人细嫩的脚底板划出个大口子，鲜血把江水染红。实际上，自从那个豪华游泳场建成后，我好几次看见有人走路一瘸一瘸，脸上做痛苦状，一步一个血印。好不容易走到了水里，又发现江水是乌黑浑浊的，要游出一两公里才见得到清水。

不过就是这样的环境人家也不乐意留给老百姓。又不久，下沙窝的一个宾馆扩建，索性就把这个游泳场给平了，建起了花园洋房。从此，守着赣江的南昌城再也不能下江游泳了。直到现在，我还在诅咒那家宾馆。

五

我为什么老讲自己家乡的负面故事呢，我难道是个没有良心的人吗？对，我要讲讲我大南昌的主旋律：

早在20世纪50年代，我们就建成了一条全国少有的大马路：八一大道，十多公里长，七八十米宽，当年连上海广州都找不到这么宽的路呢！我们还有一座宏伟的广场：八一广场，当时面积有4万平方米，一度是除天安门广场外全国第二大城市广场。我的大南昌有这一路一广场，就足以睥睨全国各同等城市啊！生活在这样的城市，我骄傲！

毫无疑问，广场是属于夏天的。当年的八一广场可真是市民消夏的好去处啊，广场有 4 块大草坪，一到晚上，市民就从四面八方涌来，在草坪上席地而坐，看星星看月亮。有时，当地政府也会在广场放一场露天电影。很快，有经济头脑的南昌人就开始在广场搞夜经济了，各种消夏小吃来了。

先是出现了卖西瓜的。我记得有一个西瓜摊，摊主是一个农村人，嗓门奇好，他每天晚上都光着有好几块肌肉的上身，手持闪闪发亮的西瓜刀，像个打把戏的，却声调柔和地唱歌似的吆喝：

“刚切咯黄糖瓜，起了白糖砂。一角钱一块，吃瓜咯就来买。”

接着又出现了卖螺蛳的。说到螺蛳，我不得不多说几句，南昌人吃螺蛳是有传统的。当年，赣江的生态非常好，住在江边的市民夏天都到赣江去洗衣服洗澡，很多人会捎带着在江里摸点鱼虾螺蛳，回来用辣椒末和酱油爆炒得又香又辣，吮得一身是汗。痛快呀痛快！后来，赣江里的螺蛳被吃光了，但是我们大南昌周边都是丰饶的水稻田啊，既然城里的工人老大哥喜欢吃，农民兄弟便及时送来了，夏天吮螺蛳，成了南昌人的最爱，不亚于今天的人们喜欢小龙虾。

还有一种比较小众的小食，你一定没听说过，知了，也就是文化人说的、一到夏天就在树上吱吱大叫的“蝉”。早年，南昌城里的树很多，蝉就多。南昌的半大小子一到夏天就找一根长长的竹竿，在上面涂上柏油，然后举着这些凶器，满街去粘知了。粘到了知了，用一个网兜装着，回家后捣点面糊，然后把知了的肠子拔掉，用面糊裹上，放油锅里一炸，香得不得了啊！穷一点的人家，知了的烹饪法就有所改变，不用油炸，而是放在煤球炉下面的灰厢里格烤熟，一样的喷香。在广场经营这种小吃的，当然是两种都有，生意也非常火爆。

当年的八一广场真是热闹啊，成群结队的南昌市民一断夜就来到广场，有人花一块钱租一方草席，围坐在一起，有人直接就坐在草地上，喝饮料，灌啤酒，吮螺蛳，看露天电影，其乐融融。这种快乐其实也没维持多久，城管发现广场的草坪被螺蛳壳掩埋了。螺丝壳尖尖的很硌脚，就是穿了增高鞋都硌得慌。那螺蛳壳之多，足以办一家大型石灰厂。于是，城管奉命出击，很快禁止在广场小买小卖，市民只能带一些高尚的、不会污染环境的食品进来。

后来，我调深圳工作了，多年后，我又在一个炎热的夏天回到了南昌，当年所有的带给我对这座城市温暖回忆的市井气息都没有了，夏夜的南昌俨然真正的国际性的大都市。之所以叫国际性的，是因为当年这座精致得像盆景一样的美丽城市已经脱胎换骨，举目皆在中国任何一座城市都可以看见的灯红酒绿的夜总会、歌舞厅、桑拿浴、洗脚屋、咖啡馆、酒吧茶楼，以“亮化工程”的名义，用珍贵的电力把昔日的角角落落都照得亮如白昼，我感觉比浅薄的深圳还亮。我在南昌街头孑孓踯躅，想象着当年老实厚道的南昌市民自家小摊上的小吃，眼睛却不敢张望醒目的大酒楼的招牌，我知道要是带着前女同事进去“消夜”（只有广东人和香港人才用这种文理不通的词汇），注定会像那些被熊孩子们推进湖里的男女青年还要狼狈。终于有朋友请我到茶楼去消夏，结果我发现在装饰豪华超过任何一个朝代的茶楼里，喝茶还得被强迫看一场不伦不类的仿古茶艺表演。等我们傻乎乎地看完那些伪装的采茶姑娘表演结束，我的朋友付账的钱足以买下一亩茶园。

时代和城市跑得太快了，我们的情感被丢在原地。

南昌的秋天

南昌的秋天是诗人歌咏吟诵的季节，一句“落霞与孤鹜齐飞，秋水共长天一色”，带给人们多么壮丽宏阔、多么意蕴悠长的联想啊！但是谁会比我更爱南昌的秋天呢？1979 年那个美丽的秋天，我到南昌上大学了！此生，我有了很多有趣的同学，有了人生最可歌可泣的岁月。

一

我们真正是秋天入学的，我们一直到那年的 10 月 5 日才报到。

我们那所大学自从有了中文系七九级，寝室楼就变得喧嚣起来。

现在回想起来，真的，我们班是全校最闹的。我隔壁寝室住了五个、还是六个（？）诗人，临毕业前他们中的两个才子在省级文学刊物上发表了诗歌，忝列诗人，刚进校时他们只能算准诗人。诗人容易冲动，他们一进校就办起了一个文学社，还出版了一份文学刊物。这也是当年大学中文系的一种时尚，当年很多大专院校的中文系成立了文学社，办了自己的社刊，有的还不亚于正规出版的省级文学期刊呢，比如北京大学中文系的《未名湖》、武汉大学的《珞珈山》、中山大学的《红豆》。1980年，全国14所大学的文学社联合创办了一本文学期刊,《这一代》，第一期由武汉大学珞珈山文学社执行编辑，结果出来的是一本残缺版，连封面都是临时油印的。

《这一代》只出版了一期就被叫停了。我现在还保留着一本，总有一天，这本刚出生就夭折的《这一代》会成为一面火红的旗帜!

扯远了，还说回我们这几个准诗人同学，他们代表中七九成立的文学社名字取得很文艺，叫星光文学社，一个星期不到就油印了一本很粗糙的刊物《星光》，发刊词有两句我还记得：没有星光的黑夜，漆黑啊、漆黑……

我之所以记得这两句是因为我们寝室有一个同学，孙君，他不写诗，却有着诗人般的不稳定的情绪（奇怪的是这样一个情绪不稳定的人最后竟然成了省金融办的高官），他一拿到油印的《星光》，就站在寝室的凳子上，大声朗诵：

“没有星光的黑夜，漆黑啊、漆黑……”

孙君来自吉安农村，那个地方发不出Q这个音，发Q音时会串成T，于是这句美妙的诗句到他嘴里就成了“踢黑啊、踢黑……”我们都被他澎湃的热情和幅度巨大的手势所感染。我们寝室的同学很低调，没有诗人，显得品味不够，于是就封他为诗人，还给他取了个新名字：孙拜伦。

和孙拜伦一样喧哗的人，还有我们对面寝室的Z君，此公有一头长得盖住眼睛的秀发，貌似诗人，但不写诗，他后来到中山大学读研究生时研究的是鲁迅。当年他喜欢光着精瘦的上身，下身则穿一条那个年代不多见的三角裤，非常性感，他就以这种半裸的姿态大声诵读“漆黑啊，漆黑。”Z君后来成为一名中国最优秀的报人之一，代表南方报系到京城创办了一份很有影响力的报纸，不过很快被收编，他也离开了报业。

有了文学社，有了诗，每个寝室就都有了朗诵家。大学寝室都是不关门的，一下课，朗诵声喝彩声鼓掌声让整条走廊都回荡着江西各地口音的噪声。所以政治系（大二的时候改为哲学系）的同学骂我们班疯子多。

政治系未来的官员们理性的声音传到我们班来的时候，写小说的同学已经在策划去大操场点篝火！因为小说里就是这样写的，比如王蒙的小说《青春万岁》就有篝火晚会，少男少女们围坐在篝火旁，一个白衣蓝裙的少女热情洋溢地朗诵着：

“所有的日子、所有的日子都来吧，

让我编织你们，

用青春的金线和幸福的璎珞，

编织你们……”

火光映红了她的双颊，也映红了她眼角的泪珠。

我们必须这么浪漫！

大学生宿舍是不够我们闹腾的！不在全校出一把风头还叫中七九吗？听说已经有人跃跃欲试要去砍柴了。我们学校没有松树，但是有香樟树啊，点燃了也是火光冲天的。政治辅导员闻讯赶来，软硬兼施地制止了小说家们的冲动。

喧嚣很快就沉寂了，大学是做学问的地方，做学问需要宁静的氛围。

二

“七七是金，七八是银，七九是个聚宝盆”，说的是恢复高考后的头三届大学生。在刚刚过去的灾难性的十年里积压的人才，基本在这三年考上了大学，这三届大学生在中国有着特殊的历史地位，史称“新三届”，相对于“文革”前最后三届老大学生。新三届有一个令人伤感的特点，我们中文系成立60周年大庆时，我写了一篇文章，文中写道：“姐妹同窗，叔侄共室”，可一点也不夸张，我们班年纪最大的男同学比我大11岁，最大的女同学比我大10岁，他们一毕业就成了中年知识分子。大二的时候我们班从中山大学转来一个同学，C君，跟我舅舅同年，30岁，刚上大二就是中年知识分子了。

我们寝室年龄分配很均匀，8个人，5个50后，3个60后。大家面面相觑了一阵后，H君就决定在寝室建立某种秩序，他让50后的当叔叔，60后的当侄子。60后不够分，孙拜伦是1959年生人，便委屈地被打发到侄子辈里了。我们几个60后自始至终都很不情愿，但我们不团结，都恶意地贬低别人是某人的侄子，结果全成了侄子。毕业时，我们这4对被强行捆绑的叔侄果然感情不一般。直到今天，我们头发都白了，还会说，你叔叔如何如何，你侄子如何如何。我的“叔叔”是H君，他不久就成了学校学生会的领导，锻炼了组织能力和执行能力，毕业后被组织上派到香港的一家著名中企去工作了。我的上铺兄弟X君的叔叔，LYP，是一个退伍军人，老家是湖口县的，大饥荒的年代，他扛不住饥饿，就以一种很细腻的土，俗名观音土，充饥，结果把胃吃坏了，上大学时还经常闹胃病，一疼起来就在床上翻滚，其状惨不忍睹。我们几个小家伙站在他床前欢天喜地，嚷嚷着要分他的遗产。其实我们没那么坏，只想用中七九特有的方式，分散他对痛苦的注意力。果然，他一边骂我们，一边就起床了。

今天的大学生很难体会到这种叔侄同室读书的好处。

我读书是一天都没被耽误的，但那些大同学则不然，他们是真正被耽误的一代，从工厂农村军营进入大学，就像枯萎的沙漠生命刹那间扑进甘甜的泉水，他们恨不能每个细胞都吸吮知识的养分，他们珍惜每一分每一秒，珍惜每一堂课，珍惜每一个讲座，珍惜每一次交流分享。

时间越长，我越发觉我的这些大同学有着超凡的意志力和韧性，多年后我也没有体会到他们考大学有多难，但体会到了他们读大学有多难。我们中文系是要拼记忆力的，我上大学时才 16 岁，脑袋就像一盘新磁带，老师在课堂上讲过一遍的东西我竟然能记个八九不离十，而我们那些大同学下课后反复背才记得下来，上外国文学课尤其是俄罗斯苏联文学课可把这些大哥级的同学难坏了，那些佶屈聱牙的外国人名，我们小字辈张口就来，什么荷马、埃斯库罗斯、索福克勒斯、欧里庇得斯、阿里斯特芬、但丁、彼特拉克、薄伽丘、塞万提斯、莎士比亚、莫里哀、司汤达、巴尔扎克、狄更斯、萧伯纳、歌德、别林斯基、车尔尼雪夫斯基、屠格涅夫、托尔斯泰、陀思妥耶夫斯基……那些大同学怎么也念不全。因此，刻苦、坚持、探幽索微的精神在他们的心理上身体上都格外突出。我们这些当年的小字辈几乎就是贴身学着他们的执着。

我可以自豪地说，我的大学是圆满的，我读书读到了离开学校的最后一天。

我们是个大班，有 115 名同学，所以我们宁可放弃吃早饭，都要一路小跑到教室去抢前面的座位，以便听讲听得更清楚。当然，大多数时候我们起得很早，枫杨树下，留下我们背诵英语单词，背诵古典诗词的身影；下了课，我们互相查对上课记录的笔记，打听哪些同学读了哪些书，要是发现自己没读到，心里就惶恐不安；吃过晚饭，第一件事情就是带上一摞书到图书馆抢占座位。那时，我们很多人口袋里还放一个起辉器，那是一个小圆筒形的小玩意，是帮助日光灯上通上电源的。当年我们图书馆的日光灯经常不亮，就是因为这个叫起辉器的小元件坏了。因此，我们带着起辉器，上图书馆晚了也可以在灯不亮的地方找到座位。好神奇哦！

终于有一天，停电了，校园里顿时回荡起快乐的嚎叫声。

本来我们学校是省里重点确保用电单位，不过不是都缺电吗，有时也是会停电的。一停电，大家别提多开心了，不停电你好意思不看书吗，你好意思不写东西吗？最重要的是停电了，别人也看不成书了，你就不会显得落后了。我们寝室的LYP心安理得地点起蜡烛，摆开棋谱。LYP君酷爱下棋，找不到人下棋就一个对着棋谱下，“LYP大战LYP”一时传为美谈。毕业后，LYP分配到了省委老干部局，陪老干部下棋，据说人挡杀人，神挡杀神，深得老干部们的喜爱。另一个叔叔，老夫子，则吹起了口琴。老夫子是个低调得在寝室之外就不存在的人，他长得特别白净，细皮嫩肉，又瘦，看上去弱不禁风，实际上他筋骨格外坚硬，力气很大，他在深山老林里当过知青，砍树、放木排，吃了很多苦，历过很多险。老夫子毕业后到一所大学教书，他是沉得住气坐冷板凳的人，后来果然成了国际著名的研究汤显祖的学者，是我们全中文系的骄傲。

当然，我们班出了好几个教授。比如我们的老大姐和一个姓孟的老夫子毕业时留校，后来当上了我们中文系——不知为什么他们又改成什么人文学院了——教授。

我骄傲！

三

1980 年的秋天来了！

80 年代新一辈来了！

一大波漂亮的师妹来了！

校园里生动了许多，中文系七九级的天才终于重出江湖。有一个师妹，走路的时候总是微微歪着头，作林黛玉状，于是我们就给她取了个日本名字：六点过五分；有一个师妹，最喜欢在人最多的地方最大声地读最简单的英语，我们就给她取个英文名字，叫 Street，字面上是“街道”的意思，其实是“四最”的音译。每次说起这些师妹们的新名字，我们总是喜笑颜开。但有一个师妹，那些坏小子竟然给人家取了个恶名：B52！这是美国的一款大型轰炸机，后来他们干脆就叫人家“轰炸机”了。搞得我很崩溃：

那是我暗恋的师妹好吗！

轰炸机一进校我就瞄上了她。她身材健硕，但不是那种村野农妇式的粗壮，实际上她的骨骼看上去还是很娇小匀称的，呃，总的说来，她的身材说圆润比较贴切。她还非常白，皮肤似乎吹弹可破，她眼睛不大，但眼珠子特别黑特别亮。总之是一副很娇憨的模样，惹人怜爱。

暗恋上轰炸机是当年最红的歌唱家李谷一牵的线。

当年，我们也是追星族，我追的歌星就是李谷一。我很快发现，轰炸机也是李谷一的歌迷。

轰炸机一进校就当上了校广播站的播音员。我们的校广播节目非常单调，除了转播中央人民广播电台的新闻节目和很少的一点校内新闻，就是大段大段地播放歌曲。轰炸机一进入校广播站，每天都会放很多李谷一的歌，让我的校园文化生活变得丰富多彩了。

爱屋及乌，我就这样暗恋上了她。从此，我总是找一切机会，比如上图书馆、去食堂吃饭跟在她身后——那时我的色胆很小，暗恋上一个姑娘却不敢表白，甚至连递一张小纸条这种今天的初中生都敢干的事我也不敢。由于不是同一个系，我只能在图书馆巧遇她，我总能找到机会在她能看见我的地方找到位子坐下来。每当这时，我没有像哥德迷上夏绿蒂那样魂不守舍，相反，我的心变得很安静，学习的效率似乎还大大提高了。回到寝室，我每天都躲在被子里写日记，把当天观察到的她的一举一动生动地描摹在我的缎面的日记本里。后来，我把这段图书馆之恋写进了我的第一篇短篇小说，毕业前在江西的《星火》发表了。

当然，我最希望能听到她唱几句李谷一的歌，我相信她的歌声像她的人一样美好。

我终于听到了她的歌声，那一次，我有事到寝室三楼去找我们本班的一个女同学——那时，我们学校的“望夫楼”（即女生宿舍）还没建，一二层住男生，三层住女生。我走过三楼的盥洗室时，我听到了一阵美妙的歌声，那是李谷一原唱的《金凤蝶》。歌者把李谷一流转温婉、吁气如兰的风格模仿得惟妙惟肖。歌声很美妙，但更美妙的是唱歌的人。那是她！她背对着盥洗室的门，正一边洗衣服，一边抒情地唱着。那也是个秋天，她穿着一件花衬衣，袖子捋得高高的，露出圆润的手臂。我晕晕然，竟站在女生寝室盥洗室的门前迈不动步子了。我偷窥着她的背影，聆听与这背影相得益彰的歌声。有几个女生从我身旁走过，她们一定用怪异的目光打量过我。又过了好几天，我再次找到一个借口上女生寝室去，路过盥洗室时，我放慢了脚步，结果，我没有听到歌声，却在门口看见一张公告“男同学请勿斜视！”

我再也没听到她的歌声。

四

盛夏，我们终于要离开大学了。我们的分配出了点麻烦，所以没能在毕业的同时拿到派遣证，同寝室的同学忍受不了学校食堂糟糕透顶的饭菜，都回家等消息去了。我因为家离学校比较近，经常回学校看看。那天，寝室里就我一个人。晚上，月光如水，我躺在架子床上怎么也睡不着，这时，隐隐约约，远处传来了李谷一杜鹃啼血般的歌声，那是不知谁的收音机、不知在什么地方放着谷建芬作曲的《我的小路》：

这里回荡我的歌声，这里留下深深回顾。
小路上洒下我的汗水，也曾洒下爱的雨露，
洒下过多少欢乐，也洒下过劳动的甘苦。
小路，你是我青春的路，
小路，你是我生命的路，
小路，你是我难忘的路，
小路，你是我的路……

我屏住呼吸，慢慢地爬下架子床，我想走到窗口去倾听这特别合乎此情此景的歌声，但是我没有走过去。月光穿过窗外的枫杨树，斑驳地洒在桌上和地下，也洒在我的身上。我坐在桌上，静静地坐着。

那年，我刚满 20 岁，为着充满无边的奇情异想、也充满为未来而奋斗着的少年，为着大学四年的晨读夜恋，为着我就要分手的同学朋友、我就要离开的女孩，一切一切，多少让我伤怀的一切，此时都融化在这歌声、这月光中。

很快，又一个秋天就要来了，这寝室，这教室、这图书馆、这食堂、这水房、这校园的小路，还有，这枫杨树下，再也不会有中七九这样痴狂的活宝了。

南昌的冬天

一

完了完了，真老了！我记起了我 4 岁左右的一桩大难不死的历险，而且场景还清晰得可怕，历历在目：4 岁左右的我掉进冰窟窿里去了！当时，我穿着厚厚的棉衣棉裤，和几个比我大点的小朋友在村口的水塘边玩。水塘里结了冰，冰虽然不厚却很晶莹的样子，我们当时想去掰一块冰当糖吃。不幸就这样发生了，我面朝水塘扑到了冰面上，冰“咔嚓”一下裂开了，我就下水了。好在棉袄的吸水过程长了点，塘边的水也不深，几个小朋友手忙脚乱地及时把我捞了上来。

事发地点是江西省南昌县塔城乡一个叫秋溪村的地方，我外婆家。在外省工作的父母把我托给外婆带，外婆是个吃斋念佛的老太太，对我倍加宠爱，但当年 20 多岁的舅舅在我心目中是个严厉的家长。我清晰地记得，当时我自觉闯了大祸，害怕舅舅打我，就在小朋友的陪伴下到邻居家门口晒太阳，试图把棉衣晒干了再回去。我呆呆地站在人家门前晒太阳的情景我也想起来了，只是后来怎么回家的经过忘了。可以确定的是，棉衣是肯定没晒干的，好像也没挨舅舅的打骂。

我把这件在我的成长史中毫无价值的历险写下来，是想起了另外一个问题：长大后，我回到南昌学习工作了十多年，怎么就再也没见过结冰，特别是结着那么晶莹的冰的水塘了？当然，我是在城里工作，气温应该会比农村高一点。但我也在某个乡工作过两年呀，也没见过结冰的水塘。看来专家们说的地球气温升高是真的。专家并不都是胡说八道的。

南昌以前真的很冷，有民谚为证："一九二九，冷风不出手；三九二十七，门前倒挂笔；四九三十六，推车冻断轴，五九四十五，老狗冷得呜；六九五十四，勒山长嫩刺；七九六十三，脱衣缠头担；八九七十二，狗在树荫坐；九九八十一，车槽犁耙出。"其中的三九"门前倒挂笔"，说的是屋檐下的冰棱像倒挂着的笔，四九则车轴都冻断了，五九的狗冷得呜呜惨叫，要到了六九，才渐渐复苏，"勒山"说的是貌似干枯的树枝，勒是"刺"的意思，很多地方都这样叫，比如深圳的市花叫勒杜鹃，意思是长刺的杜鹃，"嫩刺"就是树枝上刚刚冒头的新芽。

民谚传了几百上千年了吧，你还怀疑童年的我掉进冰窟窿是夸大其词么？

二

虽说南昌冬天水塘不结冰了，但作为长江沿线城市，南昌冬天的湿冷是全国闻名的。

我 15 岁时随父母从广东某个没有冬天的小城回到江西，很多人以为我会怕冷，其实广东人最不怕冷，我回去的第一年就碰上了一场史诗级的大雪，我还在雪中用井水冲澡，冲得身上直冒青烟。那一年，我只穿一件毛衣，下身两条单裤就过了冬。到了第二年才领教了南昌冬天的寒冷，到参加工作时，更是觉得冬天是那么难熬。拜计划经济时代的规定，南昌属于非供暖区域，没有供暖，屋里屋外一样冷，那是无所不在，无孔不入的寒冷，白天，我穿着厚厚的棉袄，毛裤、棉皮鞋，晚上睡觉，要垫两层被子，上面盖两层，脚部还要压着棉衣。你好不容易睡暖和了，却该起床了。冬天起床是世界最残酷的折磨，我的经验是不停地在被窝里翻滚，终于翻滚到被窝内外一样的温度了，就可以从容起床了。

我不是什么模范职工，事实上，因为工作性质的缘故，参加工作这么多年，我很少准时上下班，上班总是迟到，不过我下班总是拖得很晚。但在冬天，我上班却非常积极，单位的办公室有福利，白天可以烤火。

现在的人很难想象20世纪80年机关的冬天景象，那时，南昌很多条件好一点的机关办公室都有一个火盆，每到冬天，我们单位会买很多木炭，发一部分给职工，剩下的就放在办公室上班时烤火取暖用。早来的职工第一件事是先用引火柴把火点着，然后熟练地用铁钳架上木炭，木炭燃烧，发出不易察觉的“丝丝”声，一般情况下在燃烧的最初阶段会迸发出很多细碎的火星。有时，也会夹进一两块没烧透的木炭，办公室里顿时浓烟滚滚，呛得人眼泪鼻涕一起喷出来，但这样的情况在我们单位很少，我们单位是市里面一个很重要的单位，新时代的卖炭翁们不敢故意卖有杂质的木炭给我们，那些烧不透容易起烟的木炭都卖给工厂了。

火盆很快就变成了火堆，这时，我们会在火盆中央的铁架上座上一把锡壶，不一会锡壶里的水就会“汩汩”地冒出水气。人都齐了，大家亲热地围坐在火盆旁，把鞋脱了，把脚搁在火盆边上的木框上，分享着彼此脚的味道。

脚的味道肯定没有身体其他部位好闻，但大家似乎都不在意。因为这个时刻，所有的脚都展示在火盆上，可以彼此互相欣赏。我们主任当过知青，在农村干过苦活，脚丫子是撒开的，穿着毛袜子像一把半开着的折叠扇；副主任本来应该也有一双这样的劳动人民的脚，但奇怪的是他的脚形却是尖尖的，像一支令箭；有一个男同事喜欢穿白色竖条纹的袜子，看上去怪怪的；相比之下，女同事的脚就很好看，她们一般不像男人那样穿厚厚的袜子，城市女人喜欢穿薄薄的袜子，她们的脚因而显得圆润而秀气。有一个美丽的女同事甚至始终穿丝光袜，可以隐隐约约看见她洁白的脚趾头。那些可爱的脚趾头就像珍珠，要是从脚掌上脱落了，一定会产生大珠小珠落玉盘的效果。本来这些脚趾头夏天才看得到，我们办公室福利好，冬天也能看得到。

三

当然可能欣赏同事脚形的只有我这种品味修炼不到家的人，因为我发现大家烤脚的时候注意力并不在脚上，而是眉飞色舞地说着天寒地冻时的离奇事：

某高度近视的副市长一大早下楼，发现门前有一摊白白亮亮的东西，以为是生态环境好了，城市的地下也终于打了霜，高兴得重重地踏上去，结果酱了一脚石灰水——这是南昌老话，“酱下去”，就是对着像酱一样的泥泞处踩下去。生动吧？副市长那双价值 20 多块钱的新皮鞋变成了时髦的白皮鞋，毛料裤子上也溅得尽是石灰水。爆料的同事评价道：估计他回去换裤子会被老婆骂死。

另一个同事马上说，这算什么？某主任那天晚上到几个领导家里去审某急件，上上下下爬了二十几层楼，见他站在街上用围巾当浴巾，从脖子里塞进去，从腰眼处抽出来，两手反在背上揪着羊毛围巾两头，一上一下，搓澡一样擦背上的汗，我看见他脖子鲜红鲜红的，一定特别爽！

又有另一个同事说：我看见落雪那天，某局长骑脚踏车（自行车）回家，边骑边抽烟，一只手扶把子，好作。拐进某某巷的时候——那里的雪不是结了冰啊，局长估计是刹了一下车，就见脚踏车把一歪，一滑，局长就摔了个……不好引用不尊重局长的话，反正意思是脸朝下摔了。局长好不容易爬起来，结果两只脚没配合好，一滑，又朝后摔了一跤，这一下可能磡到了尾骨，半天都站不起来。

“你怎么不过去扶？”

“我风快跑过去哦，差点自己都摔一跤。后来局长的自行车也骑不得了，踏脚的右拐摔弯了，还是我帮他扛回家的。”

办公室每天都传播着类似的活灵活现的新闻，脚形可能真没人去注意，似乎也不臭了。

脚烤热了，大家的脸也烤得通红，就开始回自己的办公桌上干正经事情了，不干不行啊，都快吃午饭了。有人把鞋垫从皮棉鞋里抽出来，放在火盆边烤。办公室里弥漫起一股酸臭酸臭的怪味，过一会又升级为烤鱿鱼的味道。

我不得不点燃一根香烟……

讲述南昌冬天的故事，烤火是我印象最深的，因为我差点死于烤火。

我当单身汉的时候，宿舍里面有一只火盆，床底下放着一蛇皮袋单位发的木炭，实在太冷的时候，我在宿舍也会生火烤一下。那时年轻，没有安全意识。有一天夜里，我生着了火盆，边烤火边合上了我疲惫的双眼。冬天，人们在温暖的环境中很容易安眠，我就是这样，不一会就睡着了。半夜，我被尿憋醒，我想象正常情况下那样腾地翻身起床，但我觉得就像被谁死死地按在床上不能动弹，头疼欲裂，咽喉像着了火似的难受，但我的神志立即清醒过来，憋了尿的强烈刺激兴奋了我的大脑，我意识到：中毒了！我的火盆并不是北方那种带烟管可以将一氧化碳排出屋外的那种，毒烟在紧闭着门窗的室内聚集，我呼吸着有害的一氧化碳沉睡，就像在纳粹的毒气室等死。那泡尿救了我，我喜欢喝茶的好习惯救了我！从此，我再也不敢在宿舍烤火了。

四

我们单位是南昌的好单位，冬天除了可以烤火，一周还可以洗一次澡。我们单位自己建了锅炉房，有一个男女分开的小澡堂。这一点市委市政府机关都比不了，市委市政府各有澡堂，但两个院子的机关干部和职工都有几百人，肯定比我们拥挤，何况我们单位的人都手眼通天，会通过机关事务管理局，到这两个上级澡堂去谋一些洗澡票。这样又加重了上级澡堂的负担。当年在南昌，冬天每周能洗上一两个热气腾腾的澡，那是要有一定级别的领导才能享受的待遇啊！那个年代，普通市民，商场职工或者效益差一点的工厂工人，有几个敢想象自己能享受开着暖气、热水源源不断冲刷的澡堂啊！

因为职业关系，某年冬天，我做过一个南昌公共澡堂的调查。南昌城区当时只有三个公共澡堂，只有600多个位子，其中最需要沐浴的女市民只拥有其中90多个——南昌当初设计澡堂的和设计公共厕所的是同一批人吗？市民洗澡难的问题非常严重。为了这个调查项目，我专门去看了我们单位附近的那个澡堂，澡堂大门前的人行道上，排着长长的队伍，男女老少手里端着脸盆，提着水桶，夹着装了衣服香皂等物品的包袱，或站或蹲，耐心等候，最长的要等4个小时。这个队伍，往往从澡堂中午开门起，一直要排到晚上10点以后。据我调查，冬天到公共浴室洗澡的，最高峰每天有4000多人。难怪队伍排得那么长。到这些队伍里去看看，真让人心生同情，排队的人全都神情委顿，色若死灰，脖子上覆盖着厚厚的油泥，衣服袖子上都是结了壳的污渍，好像他们还像小孩一样用衣袖擦鼻涕。不过从澡堂里出来的人就神清气爽，脸色红润，脖子像换了一层新皮。

进得门去，是几排发黑的木制橱柜，是给洗澡的人放衣服和物品的，进去后，浓浓的、散发着腥味的蒸汽笼罩着两个热水池，水池边缘滑腻腻的，像长了癣，看不出什么颜色，池子里煮饺子样的泡着红红白白的躯体，再往里走，就是淋浴间，每个格子间都站着几个赤条条的人，老老少少，互相鄙夷着对方的身材，一个冲了一阵，出来打香皂，另外一个赶紧进去冲。

现在，这一切都不存在了，南昌这些年建了数不清的水会，桑拿房，各大宾馆也开放市民洗澡。市民都住上了套房，都有一到两个或以上的卫生间，而且大多都为冬天洗澡装了一种叫作“浴霸”的取暖器，就是像手术室的无影灯那样的，但一到冬天，南昌人还是喜欢到澡堂，哦，叫水会，去洗澡，去桑拿。

五

我们单位福利好，女同事也漂亮，就有一点不好，食堂很差，早餐总是吃放糖精的馒头，稀饭不知道为什么是用锅巴兑水熬的，南昌产的大米明明是白色的，但我们单位的稀饭却是深黄色的，很诡异。所以我喜欢到我们单位附近大众商场对面的一个巷口去吃早餐，那里有一个米粉摊，猪血粉特别好吃。

南昌的米粉称得上中国一绝，当然，可能是南昌人就喜欢南昌米的味道的缘故，因为桂林人说桂林米粉是中国最佳，长沙人又说长沙米粉天下无双，而云南的过桥米线的名气则最大，但我还是认为南昌的米粉最好吃。

南昌米粉比桂林米粉和过桥米线细，韧性比这二者都强，口感就占了先。南昌汤粉一般都肉丝清汤，里面放很多葱花，看上去更清爽，我常去的那个猪血粉摊则是佐以当天宰杀的猪的血，制作者放了很多味精，吃上去很鲜美。

摆粉摊的是一个又瘦又小的汉子，脸很尖，头发很长，总像没睡醒似的，也难怪，卖早点的总是起得比正常人早，他最大的特点是从来没一丝笑容，也不是生气，就是面无表情，非常僵硬。当然，我们不是去买服务，早点好吃就行。冷面摊主每天一大早就从屠宰场买来新鲜的猪血，用一个大铁桶当街摆着，然后一勺一勺地舀到锅里煮熟。摊子很简陋，当街支一口锅，煮着汤，一张小方桌上面放着头天晚上泡好的米粉和葱花辣椒末子之类的佐料，还有一瓶香麻油，不过好像他从来没有倒出来过，总是象征性地在碗的上方夸张地倾斜一下瓶口就放回原处了。有食客来，摊主就抓一小撮米粉放进碗里，打一勺猪血汤泡上，然后毫不吝惜地挖两勺辣椒末子撒进去。我就这样当街站着，端着大碗，用筷子先珍惜地把大块的猪血吃了。新鲜猪血很好吃，到口即化，然后再稀里呼噜扒拉着掺杂猪血碎粒的汤粉。冬天吃南昌的猪血粉是一种爽利的享受，来的时候，在街头巷口，即便是阳光普照，我也是寒彻骨髓，一碗猪血粉下肚，那两勺辣椒末子泡出来的热汤便让我通体舒坦，鬓角也榨出了热气腾腾的汗珠。

我在这个粉摊吃早点，从一毛钱一碗吃到五毛钱一碗，再到一块钱一碗。但汤粉里的猪血却越来越少，越来越小，眼见得有一天冷面摊主的手指头上戴了一个小小的金戒指，怎么来的还用说吗。

当然，我应该厚道一点，人家起早贪黑给我做早点，不就是想赚点钱吗?

冷面摊主的生意一天天大起来，又加一个煤球炉，上面支着笼屉，里面蒸着瓦罐排骨汤，像我这种中产，除了吃一碗汤粉，再加一块钱，就可以吃一碗有两块排骨的排骨汤，再加五毛钱，排骨汤里又多了一个蛋。我是高收入人群，大学本科毕业，工资从56块多涨到了70多块，但平时还是舍不得吃，只有请我的一个女同事，S君，才会加一个蛋。S君就是我们办公室那个脚趾头长得像珍珠的那个。

多年后，我从深圳回南昌公干，又去找这个粉摊，结果不在原址了，人家告诉我搬到下水巷去了。下水巷离我原单位也不远，我就找去了，也是一个早晨，巷口一家规模挺大的早餐店，门口站着的就是那个冷面摊主，他已经胖了一圈，穿着很贵的皮夹克，尖头皮鞋，手指头上戴着一个大金戒指，上面还有一块方形的玉。他看了我一眼，脸上还是一点表情也没有。我笑着自己找个座位坐下，还没开口，冷面人已经端来一碗猪血粉，里面有很多猪血，都堆起来了，而且香麻油的味道也很浓郁。他把碗放在我面前，顺口问了句："咯久没看到你兮？”我不知道为什么眼睛有点潮湿，便说：“我调到外地去工作了。”

六

南昌的冬天，有很多美好的故事，我的初恋就发生在南昌一个月黑风高的冬夜。

本来，初恋应该发生在仲春时节，我穿着崭新的白衬衣、蓝裤子，打上领带，皮鞋擦得锃亮，而头发比皮鞋更亮；女友则一身漂亮的红裙子。我们幸福地依偎着，来到一个鲜花盛开的花园里，香樟树洒落下星星点点的月光，远处飘来醉人的花香。总之，环境是那么叫人蠢蠢欲动的暧昧。我拉起小提琴，女友在优美的琴声中翩翩起舞。那才是我这种有品位的人的生活和初恋啊！

可我总是不走运，什么好事到我这就一团糟。

那是 12 月的一个夜晚，我们先去看一场电影，《波托马克河上的悲剧》，瞧这电影名，然后我送她回学校，我们共同的母校。临到告别，我们都舍不得离开对方了，于是，就在大操场上一圈一圈地走着说傻话。空旷的操场夜里风特别大，特别冷，但我们毫不畏惧，我们相拥着。这时，就是在我们中间塞进一枚拉了弦的、眼看就要爆炸的手榴弹，我们也不会分开。因为我穿着厚厚的棉衣，女友也穿着她妈妈的一件过了时的、又肥又大的深蓝色呢大衣。有这么厚的盔甲，你想，我们还怕手榴弹吗，爱国者导弹也炸不死我们呀！

但不争气的鼻涕反复提醒我们不能再这样下去了，可我们上哪去呀！那时，这偌大的城市没有酒吧、咖啡屋之类的场所，让我们温暖地坐在里面，含情脉脉地望着对方！百万人口的城市像死了般的漆黑一片。

好在我绝顶聪明，我建议，上火车站去，那里肯定有灯光而且有背风的地方。于是我们抖抖索索地走上了大街。

本来，南昌街上有两排树形很美的梧桐，如果是初夏，走在细雨淅淅沥沥的梧桐树下，也是一种很美的意境。但此时没有诗情画意的梧桐雨，梧桐树剩下光秃秃的丑陋不堪的枝干，树下的残枝败叶在风中凄凉地打着旋，瞎了眼的老鸦似的乱飞。两侧并不高大的建筑像一道荒野峡谷，峡谷寒风狂野地在身后推着我们走。我们俩把手筒进了衣袖，两只脚不停地蹦跶着往前走。总之，我们根本不像是一对热恋中的情人，倒像是威虎山下来的劫匪。

我们走了十来里地，好不容易挨到了火车站，我们坐进了民国期间建的候车室，借着微弱的灯光打量对方，发现我们青春的脸全冻得通红，头发被狂风吹得横七竖八，本来乌黑的秀发沾上了风卷起来的尘土，变得黄不溜秋，像现在的“哈韩族”青年。

我们终于可以舒舒服服地坐着谈心了。我想像所有的热恋中的男青年一样，巧妙地吹嘘自己能耐有多么多么大，起码也得谈谈人生和理想吧。而女友也像所有热恋中的女孩一样，扑闪着大眼崇拜地望着我，装出一副很温柔的样子。但是，那天晚上我们都谈了些什么呀。我清楚地记得，我们心有余悸般地不住声地说：真冷啊！真冷啊！

往事并不如烟，再也回不来的市井小民生活，安放着一代人的情怀和温暖。

有一年春节，在京郊的一个度假村，我陪妈妈散步，竟然看到了湖里的水结冰了，我兴奋得到处找树枝，想去捅破那冰面，掰一块冰当糖吃。

湖面结冰了，真美！